医療小説

ドクターG《じい》の教訓

高橋弘憲

論創社

医療小説　ドクターG《じい》の教訓

目次

Ⅰ

Ⅱ

主な登場人物

＊山谷有里《やまたにあり》

この物語の語り手で女医。医学生の頃に知り合った、Tクリニックのドクターやスタッフとの交流を通じて教えられたことを「ドクターG《じい》の教訓」として紹介する。剣道三段、色気はないが男気はある。

＊ドクターG《じい》

還暦を過ぎた内科医。開業前は公立の大病院に勤務していた。若い頃には僻地の診療所に派遣され、ずっと一人で働いたこともある。無駄、無策、無気力を嫌い、頑固でちょっと怖いところもあるが面倒見は良い。

＊トミ子

G《じい》のクリニックで長く働いているベテラン看護師。G《じい》の信頼も厚い。

＊高子

＊由美

クリニックの事務員。由美は明るい自由人、高子の方が年上で落ち着いている。

医療小説　ドクターG《じい》の教訓

I

G《じい》との出会い

私の名前は「山谷有里《やまたにあり》」、まだ新米の女医です。これからお話しするのは「ドクターG《じい》」から教えてもらったいろんなことと、私にあったいろんなこと。

「ドクターG」といってもテレビでやっている、あの有名な総合診療医のことではありません。そしてG《じい》は彼のイニシャルでもないのです。ちょっと頑固爺《じじい》だから、私がつけたあだ名です。だから「ドクター・ジー」ではなく、本当は「ドクター・じい」。

G《じい》との付き合いは、私がまだ医学生だった頃に始まりました。

私がG《じい》のクリニックを受診したのは、医学部5年生の初夏。病棟実習中に、どうも疲れやすくときどき目眩《めまい》を感じるようになって、自分の眼瞼結膜《がんけんけつまく》を見ると白っぽいし、きっと貧血だと思ったので。

大学病院で実習中なのに、なぜわざわざ他所のクリニックを受診したのかって？

その理由はあまり周りに知られたくなかったのと、それに大病院には優秀な先生もいるけれど、中には「この人大丈夫？」と思うような危ない医師もまぎれているようなので、ちょっと怖かったから。

貧血

問診票を見ながらG《じい》が私に聞いてきた。

「あなたは自分で貧血だと思っているようだけど、どうしてかな?」

『どのような症状がありますか』という欄に、私が「貧血」と書いたからだ。そこで私はいつ頃から、どのような症状と身体的変化が生じているのか、を簡潔にまとめて、模範的な答えをしてみせるつもりだった。

「2ヶ月ほど前からなんとなく身体がだるく、ときどきフラフラと目眩を感じるようになったのです。それに自分の眼瞼結膜が白っぽいので、きっと貧血だと思いました」

するとG《じい》は私の顔をギロっと見つめながら「ホーッ」とつぶやき（ちょっと感心したのかも）

「あなたは看護師かね?」と尋ねた。

「私は医学生で、今5年生です」

「なんだ、そうだったのか。どうりで貧血について詳しいはずだ」

「いや、優等生ではないので、あまり自信はありません」

今度は弱気に答える私、だってG《じい》の鋭い眼光を目にしたら、きっと誰でもそう答えます。うっかり「そうです!」なんて口にしたら大変! 難しいことを質問されそうで、とても答えきる自信はない。

「まあともかく採血してみようか」

「ハイ」

「検査項目は自分で選んでみなさい」

「ええーっ」

「遠慮しないでいいから」

「あの、間違っていたら直していただけますか」

「いいから早くやりなさい」

私は、末梢血《まっしょうけつ》の細胞数、血清鉄、フェリチン、TIBC（総鉄結合能《そうてつけつごうのう》）をオーダーすることにした。貧血の原因としては鉄不足によるものが多く、特に女性では頻度が高い。生理のときに出血と一緒に鉄分も失われるのだ。

「まあいい線いっとるじゃないの。ついでに健診で調べるくらいの項目は一緒にオーダーした方がいいぞ。不調の原因が貧血だけとは限らないからな。どれ、採血も自分でやってみるか?」

「それはちょっと無理です」

「そうかあ、俺の若い頃にはよくやったがなあ」

と愉快そうなG《じぃ》（いつの間にか「俺」になっている）。

「私はまだ学生だし、まだ無理ですって」

「わかっとる、冗談じゃ。本当にやるとは思っとらんよ、真面目そうだからな」

「もう、ほんと勘弁して下さい」

わたしも緊張がとれたのか、ずいぶん馴《な》れ馴れしい言い方になってしまった。

見るからにベテランの看護師さんが「あんた先生に気に入られたわ」と笑いながらスッと針を刺し、私の血を抜いた。無造作に思えたが、不思議と痛くなかった。学生同士で採血したときとは大違いだ。同じ太さの針なのにどうしてだろう?

5分も待たないうちに血算の結果が出た。ヘモグロビンは7・8g／dl、成人女性の基準値は12g／dl程度なので、かなりひどい値だ。またMCV（赤血球の大きさを示す指数）は72fl に減少している（90fl前後が基準）。赤血球数はほぼ基準内にある。鉄などの結果は検査センターに依頼するのでまだわからない。

「どうだね?」

「低色素性小球性貧血のパターンで、おそらく鉄欠乏だと思います」

貧血にはいろんな原因があるが、鉄分の欠乏によるものが最も多い。赤血球の中に存在するヘモグロビン（酸素はヘモグロビンに結合していろんな細胞に運ばれる）の構成には鉄分が必要なので、鉄分が不足すると一個あたりの赤血球に含まれるヘモグロビンの量が少なくなる。その結果、赤血球の数は保たれながらも、血液に占める赤血球の容積やヘモグロビンの濃度は低下するのだ。

「他の貧血の可能性は?」

「慢性の炎症性疾患《しっかん》に伴う貧血や、稀《まれ》な場合では鉄芽球《てつがきゅう》性貧血やサラセミアなどでも小球性貧血になることがあるので、血清鉄、フェリチン、TIBCの結果を確認しないといけませんが、でも私の場合は間違いなく鉄欠乏です」

「そこまで言い切るのは、何か根拠となるものがあるのかな？」

「少なくても炎症を疑うような発熱や関節痛などの症状はありませんし、実は中学生の頃にも鉄欠乏性貧血になったことがあるのです。生理や成長だけではなく、毎日剣道部の練習がきつくて、鉄分の消費が多かったことが原因だったと思います。3～4ヶ月ほど鉄剤を飲んで正常に戻りました。きっと今度も同じはずです」

「高校生の頃には貧血になっていないのかね？」

「その頃には身長はもう伸びなくなっていましたし、勉強が忙しくて部活もしなかったので、大学入学の時に受けた健診では貧血はありませんでした」

「じゃあ、今の貧血は何が要因だと思うのかね？」

「大学生になってからまた剣道を始めたんです。来月の夏期大会で引退するつもりなので、ここのところちょっと熱心に稽古《けいこ》しすぎたかもしれません」

「しかし、こんな貧血の状態ではすぐに息が上がって、とてもまともには戦えんだろう」

「そうなんですよ。だから一日も早く改善しなければ、できれば今日、鉄剤を処方してもらえませんか」

「明日には結果がすべてわかるから、それを確認してからでもいいだろう？」

「でも実習や稽古が忙しくて、しばらく来ることができないかもしれません」

「ここは、夜の８時まで診療しているのだぞ。練習を休めば来られるのでは？」

「病棟実習が終わってすぐに出ても、きっとギリギリです。それに、追い込みの時期に稽古を休みたくないんです。サボり癖のある部員も何人かいるので、弱みを見せずに気合いを注入しておかなければ。私、これでも主将なんです。けっこう強いんですよ！」

かなり気合いを込めてG《じい》に頼み込んだ。でも、私が実習中の大学病院では、きっと原則は変えないだろう。

「わかった、処方してあげよう」

なんともあっさりG《じい》は言った。

「えっ、いいのですか？」

「なんじゃ、自分から頼んでおいて。やっぱりやめておくかな」

「ちょっと待って下さい、本当にお願いしますって」

「わかっとるって、あんたはホントにおもしろいの。でも、明日必ず電話してくるように。まず間違いないと思っても、結果を確認することをおろそかにしてはいかんぞ！　これは医師としての絶対条件じゃ」

「わかりました、必ず電話します」

「それじゃとりあえず1ヶ月分出しておこう。前に飲んだときには吐き気はなかったかね?」

「ハイ、大丈夫です」

私が診察室を出ると、クリニックの職員がみんな笑っていた。採血してくれた看護師さんが、

「あんたやっぱり気に入られたわ、また来てね。先生の機嫌が良くなるから……私はトミ子です、よろしくね」

「はい、お世話になりました。またよろしくお願いします。私は……」

「有里さんでしょ、わかっていますって」

そうだ、カルテには名前が書いてあるし、採血の時に呼ばれたばかりじゃないの!! 私も「へへへ」と照れ笑いしながら、明るい気分になった。

翌日、言われたとおりに電話した。

「ちょっと待ってね、先生に代わりますから」

「診察中に迷惑にならないですか?」

「大丈夫よ、先生も電話を待っていたから。でもちょっとだけ待ってね」

20秒もしないうちに、

「おっ、約束を守ったな。診立てどおり鉄欠乏性貧血に間違いなかったよ。詳しい数値はまた今度教えるから、ともかく忘れずにきちんと(薬を)飲みなさい。薬がなくなる前に必ず来るのだぞ」

「わかりました！」

G《じい》って、まるで口やかましい親みたいだ。

3週間後、薬はあと1週間分残っていたが、暇があったのでG《じい》のクリニックを受診した。

「予定よりも少し早かったな、どうだい調子は？」

「なんだか疲れにくくなったようで、少しはヘモグロビンが増えているのかな、と思います」

「じゃあ採血してみるか」

トミ子さんは休みらしく、若くてかわいい看護師さんが「ああもう緊張する〜」と言いながら採血してくれた。トミ子さんみたいにはいかなかったが、それでも自分たちでお互いに針を刺したときはもっと痛い。やっぱり場数でうまくなるのかな、と考えているうちに結果が出た。

「今日はヘモグロビン値が11・5g／dlに増えておる。これ、どう思う？」

「うれしい！　よかったです」

「それだけか？」

「薬も忘れずに飲んでいるし、この分だと大会までにほとんど正常値になりそうですね。あっ、でもヘモグロビンが正常になったからといってすぐに止めたりしませんよ。フェリチン値が上昇するまで（貯蔵分の鉄分が増えるまでという意味）きちんと続けます」

我ながら優等生的な返事、これでG《じい》からお褒めの言葉がもらえるはずだ！

しかし、G《じい》は気に入らない様子。どこがいけないのだろう？

「いいかね、たしか君は運動が原因で貧血になったのだろうと言ったよね」

「はい、そう言いました」

「それで、今はどう思う?」

「えっ?」

「わからんか? ちょっと考えればわかりそうなものだが」

とっさに答えが見つからず私が黙ってしまうと、G《じい》はこう言った。

「毎日1錠の鉄剤を飲み始めてまだ3週間だ。それなのにヘモグロビンがこんなに増えているのは、いったいどういうことだと考えるのかね」

私はようやくG《じい》の言わんとしていることを理解した。

「そうか! 運動が原因で鉄がたくさん失われているのなら、ちょっと鉄剤を飲んだくらいでヘモグロビン値がこんなに改善するはずがないか」

「やっと解ったようだな。いったいどんな食事をしているのだね!」

「いや、その、確かにあまりきちんと食べていませんでしたね」

最近では朝食を食べないことが多く、昼もパンやバナナ、夕食も不規則でカップ麺で済ませるときもある。これじゃあ確かに鉄分はほとんど摂っていないわ。

「どんなに忙しくても、1日3食、栄養のバランスを考えて食べなければダメだ。まさか1日1食やバナナだけなどという、バカげたダイエットにはまっているんじゃないだろうな?」

「いや、ただ単にだらしなかっただけです。反省して今日からちゃんと食べるようにします」

「よし、その素直さは気に入った。ちょっと待っとけ」

そう言うと、G《じい》は奥の部屋に入り何かを手にして戻って来た。

「ほれ、これを持って帰って食べなさい」

どうやら冷凍した肉のようだった。

「先日のバーベキューで使わずに余っていた肉だ。これからはまともなものを食べるようにしなさい」

「本当にもらっちゃっていいのですか、こんな高そうな肉」

「遠慮する柄じゃないだろうが、それとも肉は嫌いなのか？」

「いえ、大好物です。どうもありがとうございます」

「それでいい、ではまた今度な」

その肉のおいしかったこと、こんなの今まで食べたことなかったくらい。このときから私はG《じい》の熱烈なるファンになってしまった。

医学生「有里」の解説

貧血とは特定の病名ではなく、赤血球中のヘモグロビンが減少して酸素の運搬能力が低下した病態のことを言います。私の場合は鉄分の不足が原因でしたが、貧血には他にもいろんな種類があり、原因もそれぞれ異なります。ですから、きっちりと鑑別しなければ、適切な治療を行うことはできません。

貧血の原因鑑別の方向付けに役立つのが、ＭＣＶ（赤血球指数）と網状赤血球数の二つです。ＭＣＶとは、ヘマトクリット値と赤血球数から算定する数値で、赤血球1個あたりの平均的な容積の目安となります。

ＭＣＶが低値（赤血球が小さい）を示す小球性貧血の代表が鉄欠乏性貧血ですが、他にも鉄芽球性貧血や慢性炎症に伴う貧血などでも鉄代謝に異常をきたし、小球性貧血になります。またもともとヘモグロビンの構造に異常があるサラセミアという病気でも小球性貧血が認められます。これらは、血清鉄、フェリチン、ＴＩＢＣのデータによって区別できます。

フェリチンは血液外の組織に貯蔵されている鉄分の指標となり、ＴＩＢＣは総鉄結合能のことで、あとどれくらい鉄が結合する空きがあるかを示します。鉄欠乏性貧血の場合は、血清鉄低値、フェリチン低値、ＴＩＢＣ増加となります。慢性の炎症などで貧血になっている場合には血清鉄は減少しますが、フェリチン値は上昇します。免疫系の細胞に貪食された赤血球の鉄が組織に沈着するためです。これを鉄欠乏性貧血と間違えて鉄剤を投与すると、組織はさらに鉄過剰となり肝障害などが出現してしまいますので要注意です（Ｇ《じい》の話では、貧血に詳しくない医師によって、不適切な鉄剤投与を行われている患者さんは時々いるそうです）。サラセミアはヘモグロビン構造の先天性異常によるもので、鉄の値に変化はみられません。

MCVが高値を示す大球性貧血の代表には、ビタミンB12や葉酸が欠乏したときに発症する巨赤芽球性貧血があります。

MCVによって方向づけられないときには、網状赤血球数が役に立ちます。網状赤血球とは骨髄の中で造られた赤血球が末梢血（血管の中を流れている血液）に出てきたばかりの若い赤血球です。網状赤血球が減少していれば、骨髄での造血がうまくいかないことが貧血の原因（再生不良性貧血など）、逆に増加していれば赤血球が早く壊れてしまうことが貧血の原因（溶血性貧血）です。

鉄欠乏性貧血の治療には鉄剤の内服が行われますが、ときどき吐き気を訴えて飲めない患者さんがいるので、そのときは鉄剤の注射を行います。鉄剤が投与されるとまず血清鉄が補充され、ヘモグロビン値もやがて正常範囲に戻りますが、この時点ではまだ組織には鉄が補充されていませんので、フェリチン値が十分上昇するまで治療を続ける必要があります。まあ例えて言うならば、血清鉄が財布の中身、フェリチンは貯金といった感じです。言葉の響きも動態も、貧血と金欠はよく似ていると思いませんか？

なお、鉄欠乏性貧血は鉄剤を投与すれば治ってしまうので軽く考えがちですが、中には胃癌や大腸癌、子宮癌などからの慢性出血が原因のことがありますので、十分な配慮が必要です。もちろん特に怖い病気が潜んでいるわけではなく、私のように貧相な食生活によって鉄分が不足するケースが一番多いのですが、鉄剤を内服するのと同時に食生活の改善に取り組まなければ、何度も貧血を繰り返すことになります。

G《じい》に弟子入り

八月になった。剣道部は先日の夏季大会で団体戦ベスト8まで勝ち進み、私は個人戦で惜しくも準優勝。あと一歩で念願の優勝を逃したが、これまでで一番の成績を残すことができた。そして私も「鬼主将」の役を後輩に譲り、ずいぶん気楽な立場になった。これからも時々は練習に顔は出すが、それ以上に医学の勉強に本腰を入れなければいけない時期だ。私は夏休み期間をG《じい》のクリニックでの体験学習に当てようと考えた。


「こんにちは、高子さん」

「あら、有里さん。今日はどうしたの？　お薬はまだあったはずだけど、どこか調子悪いの？」

「いえ、夏季大会も無事終わったので今日はちょっと報告に。これお土産です」

「そんなに気を使わなくてもいいのに、どうもありがとう。ちょっと待ってね、すぐに先生を呼ぶから」

「忙しそうだったらいいですよ、私は待ちますから」

「今は休憩時間だから大丈夫よ」

高子さんはクリニックから外に出て
「せんせ～い！」

と大きな声を上げた。すると
「なんだ～？」

坂の上の方からG《じい》の声がする。

「有里さんが来ていますよ～」

「わかった～」

真っ赤なアンダーアーマーのシャツと短パン姿のG《じい》が走りながら降り来た。汗びっしょりで息を切らしている。

「着替えるからちょっと待っとけ」

G《じい》はそう言いながら二階（院長室がある）に上がって行き、10分ほどすると白衣姿で現れた。まだ汗が引かないので、しきりにタオルで頭や顔を拭いている。

「ひょっとして、あの坂を走っていたのですか？」

「運動する時間があまりないので、休み時間を利用しないといかんからな。坂を上がるのは平地の何倍も効率がいい。夏場に鍛えておくと冬に風邪を引くこともないし、それに週に3日ほど運動して体温を上げれば、ガン予防にもなるからな。今日もこれでガン細胞がちょっと減っただろうよ」

「でもこんなに暑いと、熱中症になりそうですけどね」

「そりゃあ危険もあるから、あまり患者さんには勧めてはいないがね。うまく加減すれば大丈夫だ。それよりも、剣道の方はどうだった？　貧血も良くなっていたから、いいところまでいったかね」

「はい、おかげさまで団体戦ベスト8、個人戦は惜しくも準優勝でした」

「ほ～っ、それはずいぶん頑張ったな。たいしたものだ」

「先生から指摘されてから食事をかなり改善したので、暑い中で何試合もできるだけのスタミナがあったのだと思います。根性だけでやみくもに練習してもきっとダメだったはずです」

「そうだな。それに食事が貧相な者はキレやすく、根性もたいしたことはないものだ」

「確かにそうですよね、へへへ」

「その報告だけにわざわざやって来たのか？」

「実は、ちょっとお願いがあるのです。夏休みの間、ここで体験学習をさせてもらえないかと思いまして……」

「それはかまわんが、ここは外来だけのクリニックだから、実際にどれほど勉強になるかわからないぞ。それに手取り足取り教えることはできないが、それでいいのかね」

「それでいいです。あまり邪魔にならないように気をつけますので、なんとかお願いします」

「先生、いいじゃないですか。有里さんだったら私たちも歓迎しますから」

トミ子さんが助け舟を出してくれると、G《じい》もニタッと笑って承諾してくれた。

「いいだろう。ただし言っておくが、ときには厳しく注意することがあるかもしれないし、学生だからと手加減はしないからな。それで落ち込むようならば、初めからやめておいた方がいいぞ」

「大丈夫です。私は打たれ慣れていますから」

「それは剣道の話だろうが。まあいいや、明日からいつでも暇があるときに来なさい」

「ありがとうございます。皆さん、よろしくお願いします」

「こちらこそよろしく。それにしても先生にお弟子さんができるなんて、本当にめでたいことだわね」

「はい、良い弟子になれるようにしっかり頑張ります」

私がトミ子さんに答えると、さっそくG《じい》から厳しい一言が、

「こらっ、わしは勉強に来てもいいと言っただけだろうが。自分で勝手に弟子になるな、まだ早いわ」

ある糖尿病患者の話

今日からG《じぃ》のクリニックで研修をするようになったが、いきなり驚かされる出来事があった（本当は事前に連絡があったらしいが、なにしろあまりにびっくりする状況だったので突然だと感じた）。と言うのも、手錠と腰に巻き付けたロープで拘束した男性を連れた警察官が、まるで休み時間になるのを待っていたかのように、突然サッと診察室に入ってきたのだ。手錠をかけられているのは、糖尿病で通院中のBさんとのことだ。

しかしG《じぃ》は全く動じる様子もなく、

「なんだ、またやったのか？」

「また」っていったいBさんは何の常習犯なのだろう？　と気になってしょうがないが、とてもそんなこと聞ける雰囲気ではない。すると警察官が、

「また窃盗で、今度は同じアパートの住人の部屋から貯金箱を盗み出しているところを目撃されて、通報があったという次第です。今回はしっかり動画も撮られていましたので、言い逃れはできずに即逮捕となりました。今の時代、まったく悪いことはできませんよ」

「それで、病気の状況について聞きたいのだね」

「そうです。これからしばらくは刑務所暮らしになりますから。それに耐えられないような状態

だったら困りますので、恐縮ですがよろしくお願いします。本人は重症の糖尿病なので無理ができないと言っていますがね」

「たしかに糖尿病のコントロールは月々悪化してきて、最近は空腹時血糖が２１０mg／dlまで上昇しているし、ヘモグロビンＡ１Ｃも12％を超えているからな。ひどい状態には違いないけどね」

「それじゃあ今のままでは収監は無理ですか？」

「いや、大丈夫だろう。かえって食事や運動を管理されていた方が、糖尿病も良くなるよ。実際、前回もそうだったからね」

「わかりました。お忙しいところ、どうもありがとうございました。（Ｂさんに）ほら、行くぞ」

「しっかりがんばれ、身も心も清めてくるのだぞ」

警察官に連行されるＢさんにＧ《じい》は言った。

「ほら、先生に挨拶くらいせんか」

すっかり観念して、黙りこくっているＢさんに警察官が言うと、

「はい、出て来たらまたお願いします」

と神妙な態度で頭を下げた。

「わかったから、もう行きなさい」

そっけないＧ《じい》だが、今回で３度目のことらしいので無理もない。

「ほれ、これを見てみろ」

G《じい》から手渡されたのはBさんのカルテ5年分だった。

約3年前と昨年にも、Bさんは窃盗のため留置されているが、いずれもその直前には糖尿病のコントロールがどんどん悪化して、血糖値は200mg／dl以上に上昇、ヘモグロビンA1Cも12％以上になっている。しかも事件前の2ヶ月は通院していないので、経口糖尿病剤も1ケ月程は切らしているはずだ（もしくは飲み忘れの残薬があったかもしれないが）。今回と全く同じ状況だということがよくわかる。

そして、数ヶ月後に出所するとすぐにクリニックを受診しているが、そのときは空腹時血糖が110mg／dl、ヘモグロビンA1Cも6％台と驚くほど良い数値を示している。内服している薬は変更されていないので、服役中の生活によって糖尿病が改善したということだ。そしてその後2ヶ月程はコントロールが良好だが、次第に悪化して一年以内には今回と同程度の数値となり、外来受診も不規則になった頃にまた窃盗で捕まる、といった経過を過去2回繰り返し、今回で3回目ということになる。

トミ子さんが言うには、

「あの人はね、刑務所から出て来たばかりのときには、まるで別人のようにしっかりして、ちゃんと取り組むのだけどね、しばらくすると元の木阿弥《もくあみ》になってしまうのよ。本人の問題もあるけれど、やっぱりつき合っている仲間が悪いからね。その影響も大きいわ」

Bさんの事例は、普段の生活習慣や本人をとりまく環境がいかに大切であるかをよく物語っている。

「たしかに刑務所の中ほど、食事と運動が徹底される環境は他にはないかもしれませんね」

「そうよ、私が若い頃に働いていた病院では、教育入院といって、糖尿病の患者さんに入院してもらってカロリー制限の糖尿病食と病院の敷地内での運動を指導した上で、投薬の調節をしていたものよ。だけど結局は本人に真面目に取り組む気がなくて、うまくいかないことも多かったわね。こっそりと売店で買い食いをしたり、無断外出をして外食するような患者さんも結構いたものよ」

「へ～え、でもそれじゃあいったい何のために入院しているのかわかりませんね」

「それでね、私たちも目撃したことは主治医の先生に伝えるのだけど、いろんな先生がいるからね、時々は嫌な思いをしたわ。患者さんがとぼけたときに、自分自身が目撃したように言ってくれる先生はこっちも助かるけれど、私たちの名前を言うような先生には困ったわね。だって自分に黙って告げ口されたと感じるでしょう、患者さんとしては」

「それはそうですよね。確かに私も目撃した看護師さんの立場だったら、次からはどうすればいいのか迷ってしまいますね」

「(患者さんが)自分に注意してくれればいいと言われても、それでは何も解決しないのよ。だって患者さんからは、主治医の先生には黙っていてくれと頼まれるからね。カロリーを指定された病院食以外にいろんなものを食べた状態で、糖尿病の薬やインシュリンがどれくらい必要かを判定することは正しく出来ないでしょう。結局は患者さん自身のためにならないのにね」

「そういうこともあるのか……、私にはまだ気がつかないことがたくさんありますね」

もっとも私たち医学生は、できるだけ詳しく問診（病気に関係する情報を患者さんから聞き取ること）をとるように指導を受けているが、患者さんの嘘を見抜くことは教えられていない。そう実感していると、G《じい》も自分がまだ若かった頃の話を始めた。

「大学病院では医者もコロコロ変わるし、患者さんもよそいきを演じているから本当の姿はバレにくいものだ。しかし僻地《へきち》の診療所で勤務していたときには、診察のときに『こんなに一生懸命やっているのにどうして良くならないのか』などと涙まじりに訴えながら、その帰り道では毎回のように、ワンカップ酒を買って立ち飲みしている患者の姿を目撃したこともあったぞ。

それから今でも思い出すのは、県立病院に入院している糖尿病患者が腹痛を訴えて、その主治医から内視鏡検査を依頼されたときのことだ。内視鏡を挿入すると、胃の中一杯に溜まった焼きそばの麺が見えた。検査前の朝食止めに我慢できず、病院を抜け出して焼きそばを腹一杯食べた後だったのだな。あまりにふざけているので、その場に主治医を呼び出して、『これを見てみろ！』と目の前に証拠を突きつけたものだ。

この患者はそれまでにも、外食や買い食いしているところを何度も目撃されていて、看護婦（その当時は看護師ではなく看護婦と呼んでいた）から主治医へ繰り返し報告されていたのだが、あいつ（主治医のこと）はいつも聞く耳を持たなかったからな。普段は温厚な婦長（当時は師長ではなく婦長と呼んだ）も『なぜ私たちの言ったことを信用しなかったのですか。こんな不真面目な患者さんには即刻退院してもらいますからね！　一日も早く入院させてあげたい重病の方がまだ何人も居るのですよ！　先生が納得しないようならば、私はこれから院長先生のところに行って洗いざらいぶちまけますからね！　何か言いたいことはありますか？』とすごい剣幕でまくしたてたものだ。ベッドが空かずに入院待ちをしている重病の患者さんがいるのに、不真面目な患者さんをいつまでも囲い続けている主治医にはみんなが腹を立てていたのだよ」

「そんな患者さんには私も腹が立ちますけど、その主治医だった先生もずいぶん嫌われたものですね」

「彼は性格がひねくれていたわけではなく、むしろお人好しだったが、現実を見ようとしないところがあったな。患者さんが自ら改めてくれるまで根気よく誠意を持って接するべきだとか、理想論ばかり口にしていた。あまりに純真なので、問題行動についての報告を、まるで患者の人格を蔑《さげす》む告げ口のように感じていたのかもしれないがね。それでも事実を直視しなければ仲間には迷惑をかけ、やがて信頼を失う羽目になる」

「私も医師になったら、一緒に働いている看護師さんたちの話をちゃんと聞くように気を付けないといけませんね」

「看護師だけでなく検査技師やレントゲン技師、理学療法士、事務員、清掃係などすべてのスタッフは、主治医の知らないこともよく見聞きしているからな、その情報は貴重だぞ。そして当たり前のことだが、『この医師は自分たちの仕事をリスペクトしてくれている』と思ったときに、いろんなことを教えてくれるものだ。だから病院のスタッフには挨拶をかかさず、ことあるごとに自分で検体を検査室まで持って行き、患者さんの検査やリハビリにはできるだけ付き添っていくようにすればいい。きっとあちこちで顔を覚えられて、お互いに話しやすくなるものだぞ」

「私は結構厚かましいので、そのあたりはちょっと自信があります」

「そういえばそのとおりだな。これはいらん心配だった」

G《じい》はあっさりと同意して、カルテ棚の整理を始めた。たしかに厚かましくも押し掛け弟子になった私だから、そう思われるのが普通だわね。

「ついでにこれも見ておくといい」

それは別の糖尿病の患者さんのカルテだった。

この62歳の男性は、2年程前から体重の増加とともに糖尿病のコントロールも悪くなっていたが、半年前に脳梗塞《こうそく》を発症してリハビリテーション施設のある病院に入院していた。左半身の軽い運動麻痺が生じたが、約2ヶ月のリハビリによって日常生活に影響のないレベルに回復し、めでたく退院したようだ。そのときの主治医からの返信にはこのように書かれている。

「右脳梗塞のため入院していましたが、リハビリによって日常生活には支障のないレベルまで回復しました。（中略）なお、糖尿病のコントロールが悪かったことが脳梗塞発症の要因だったと思われます。入院中に新薬の経口糖尿病剤に変更したところ、空腹時血糖、ヘモグロビンA1Cともほぼ正常となりました。そちらでも継続して御処方いただきますよう、よろしくお願いいたします」

しかし実のところは、退院後から再び糖尿病のコントロールが悪化の一途をたどっているのだ。そして体重も順調(?)に増加している。逮捕収監と入院という違いはあるが、自分勝手ができない状況でこそ病態が改善するものの、自宅に戻るとまるで堰《せき》を切ったような勢いで悪くなるのは同様だ。

「薬が変わったところで結局は一緒でしたね。要するに、入院中には決められた食事しか食べることができず、毎日のリハビリで運動していたからこそ、糖尿病が良くなったということですよね」

「なあ、まさに生活習慣病の実態を見事に表現しているだろう。どんなに新しい薬を試しても、やる気のない患者には焼け石に水なのだよ。せっかく動くようになった手足もだんだん不自由になってきているし、きっと家では一日中ゴロゴロして、テレビを観ながら飲み食いしているはずだ」

「この先生にとっては想定外かもしれませんね。古い薬を使い続けていたから糖尿病が悪くなったのだと思っているみたいだから」

「まあ、よかれと思ってやってくれたことだからな。現実には違う事情があるのだと知らせたいのは山々だけど、さすがにそれは失礼だからできんよ」

医学生「有里」の解説

糖尿病には、1型糖尿病と2型糖尿病があります。

1型糖尿病の大部分は、遺伝因子や環境因子（ウイルス感染など）が要因となる自己免疫異常によって、インシュリンを分泌する膵《すい》β細胞が破壊されることが原因です。膵β細胞の80%以上が破壊されると、多尿や口渇《こうかつ》、多飲、そして体重減少などの高血糖症状が出現します。そしてほとんどの場合、膵臓からのインシュリン分泌が完全に枯渇してしまい、毎日の血糖測定とインシュリン注射を行う必要が生じます（経口糖尿病剤は無効です）。

通常1型糖尿病は小児期から青年期に発症するため、患者さんは一生のほとんどをインシュリン注射の自己管理とともに過ごします。そのためか、1型糖尿病の患者さんはだいたい真面目な人が多く、自分の病気に一生懸命取り組んでいるそうです。と、G《じい》が言っていました。この1型糖尿病は糖尿病全体の約5%です。

残りの95%を占めるのが2型糖尿病ですが、主に中年以降に発症することが多く、その発症には遺伝因子と生活習慣が関与しています。例えば両親が2型糖尿病の患者さんの子供では、同じようにインシュリン分泌が低下しているため、やはり糖尿病を発症するリスクが高くなります。しかしたとえ分泌されるインシュリンが少なくても、正しい食事や十分な運動などの生活習慣を守っている人では組織のインシュリン感受性が高いため、糖尿病はまず発症しないようです。ところが一方、過食や運動不足などの乱れた生活を送っていると高い確率で、いつの間にか糖尿病を発症してしまいます。特に肥満体になるほどインシュリン感受性は低下して、糖尿病はどんどん進行していきます。そのような状況では、何種類もの経口糖尿病剤を使用しても、治療効果が得られなくなってしまい、インシュリン療法が必要になることもあります。

このように2型糖尿病の血糖コントロール悪化には、ほとんどが生活習慣の乱れが背景にあります。特に体重の増加と並行して血糖やヘモグロビンＡ１Ｃが上昇する場合は、患者さんが食べ過ぎていることは火を見るより明らかです。

よく「ご飯は減らしている」と言っている人の隠れた本心は、もっと他に食べたいものがあり、そのアリバイとして米を減らし、自分は努力していると思いたいのだ、とＧ《じい》は言います。そして、Ｇ《じい》には糖尿病患者さんのコントロールが悪くなる予兆がわかるそうです。私にはまだ全然わかりませんが、それは患者さんの顔つきや言葉遣いにはっきりと現れるそうなのです。というのも、そもそも生活習慣病の元凶は実際に痛んでいる内臓や血管ではなく、行動を命令しているその人の脳みそにあるのだというのがＧ《じい》の持論です。

元々、人間の脳は楽をすることばかり求めているそうで、特にひとたび生活習慣が乱れてしまった患者さんの脳からは、決断力や根気といったものがとっくに消え失せているので、強烈な他力が働かなければ行動を改めることはできないそうです。初めのうちは家族や主治医に注意されると素直に頑張ろうとしますが、慣れてくるうちにだんだん横着になり、やがては注意されることに腹を立てるようになるようです。

初期には無症状な糖尿病ですが、コントロールが悪ければ昏睡になることもありますし、進行とともに網膜症による視力障害、しびれや感覚異常、排尿障害などの神経障害、血管障害による脳梗塞や心筋梗塞、腎障害（人工透析の多くは糖尿病が原因）など、多彩な合併症を引き起こす怖い病気です。そして患者さんの将来は、患者さん自身の努力に依存するところが大きいのです。

うまくなりたい

私は今日もG《じい》のクリニックに来ている。もっぱらG《じい》の診察を手伝いながら（患者さんの服をまくったり、血圧を測ったり）、聴診器で患者さんの心臓や肺の音を聴き、腹部を触診するなどの診察手技を実習している状況だ。ときには（G《じい》に習いながら）エコーで肝臓や胆嚢などの内臓や甲状腺、血管などを観察することもある。レントゲンやCTの画像を読映《どくえい》したり、採血のデータを解釈することもすごく勉強になる。しかしまだ学生なので、患者さんに侵襲《しんしゅう》を与えるような医療行為はできない。だから内視鏡や採血、点滴などの処置は見学するだけだ。

ところで、トミ子さんの採血は見れば見るほど惚《ほ》れ惚《ぼ》れしてしまう。私もあんな風に針を刺すことができるといいなと思い、採血がうまくなるコツを尋ねてみた。

「ねえ、トミ子さんのように採血や点滴が上手になるにはどうすればいいの？」

「こんなの場数よ。毎日何人も採血しているうちにだんだんうまくなるから」

「そうかなあ？　大学の先生達もけっこうベテランだけど、やっぱりトミ子さんの方が速くてうまいのよね。私も採血してもらうけどほとんど痛くないし、本当にどうしてなのか不思議なのよ」

「そうねえ、私の若い頃は病院の寮に住み込んで看護学校に通いながら准看《じゅんかん》（准看護師の略称）の資格を取って、帰ってきたら外来や病棟で実践の毎日だったものね。知識よりも、機転が利いて手先が上手い方が重宝がられていたし、今ではなんでも理屈が先でしょう？」

「そうかもしれません。病棟実習といっても私たちは見学や症例検討がほとんどで、実際に患者さんへの手技をさせてもらうことはほとんどないし、それは看護学生も同じだそうです。昔は学生でも実践的なことをいろいろ教えてもらった、と聞いたことはありますけど、今はとても厳しいようです」

「そういえば、公立病院の師長をしている友達がいるけれど、看護大学を卒業した子たちは知識もあるし記録も上手にできるのだけれど、初めのうちは採血も上手くできずに苦労するって。准看護師から実務をやりながら正看護師の資格を取った子たちは、やっぱりうまいそうよ」

「そりゃあそうですよね。私も研修医になってから頑張るかな。今はジタバタしてもしょうがないか」

私とトミ子さんのやりとりを聞いていたのか、そこにG《じい》が現れて、

「そんなこともないだろう。トミ子さん、あれをやらせなさい」

あれっていったい何だろう？　ひょっとして採血用の人形かな、見たことはあるけれど、などと想像している私にトミ子さんが持って来たのは、何枚もの使い古したタオルやシーツ類と裁縫箱だった。

「はい、これで雑巾を縫ってちょうだい」

「えっ、こんなにたくさん。ミシンではなくて手縫いですか？」

「そうよ、採血も裁縫もコツは同じなの。だって狙いを定めたところに正確に針を刺していかなければダメでしょう。針の持ち方や力加減、指先の使い方など、やっているうちに会得《えとく》するものよ。もし有里さんが患者さんだったら、裁縫の得意な新人さんと針を全く扱ったことのない新人さんのどちらに採血してもらいたい？」

「なるほど、そうですよね。帰ったら、さっそくやってみます」

「ここと決めた一点をすばやく正確に刺していくのよ、でも勉強に差し支えないようにね。裁縫箱はしばらく貸しておくわ」

「トミ子さん、どうもありがとうございます。でも私、自分の裁縫道具を持っているんですよ、ちょっと意外かも知れませんけれど」

「へえ～、偉いじゃない」

「剣道着のほつれや、白衣のボタン付けなどに必要ですから。とは言っても、全然うまくできないですけど」

「それでもちゃんとやるから偉いわ。私にもちょうど有里さんと同じくらいの娘が居るけれど、自分では何もせずに全部私にまかせっきりなのよ」

褒められて気をよくした私は、その夜のうちに五枚の雑巾を縫い上げた。

翌日、トミ子さんに早くできばえを見てもらいたくて、私は朝からウズウズしながらG《じい》のクリニックに出かけて行った。

「トミ子さん、これ」

「まあ、もう五枚も縫ったの。これが一枚目で、こっちは後の方で縫った雑巾よね、だんだんと縫い目がきれいにそろってきているから」

「へへへ、バレバレですね」

「たいしたものよ、一晩でこれだけ仕上げるなんて。それに上達も早いし、きっと採血なんかすぐにうまくなるわよ、有里さんは」

するとG《じい》までが、

「どれどれ、ずいぶん熱心じゃないか。それに予想以上にうまく縫えているぞ」

「いやあ、それほどでもないと思いますけど」

高評価をもらい、すっかりいい気になった私に、今度はG《じい》から次の課題が渡された。

「それじゃあ、今日は暇をみてこれを削っといてもらおうか」

そこには7本の鉛筆（Hが1本、HBが4本、2Bが2本）と24色の色鉛筆、そして三種類のナイフ（カッターナイフと切り出しナイフ、そして肥後《ひご》の守《かみ》という折りたたみナイフ）があった。

「いいか、芯の硬い鉛筆は先を鋭く尖らせて、軟らかいのは折れないようにちょっとだけ丸みをもたせて削るのだぞ。目的によって道具も選ぶように。もし指を切ってしまったら、トミ子さんに言いなさい」

外科的処置では、いろんな道具を使いながら人体を切ることも多いので、鉛筆削りの意味も私は理解できた。しかし実際にやってみると、これは雑巾縫い以上に難しい。なにしろ小学生の頃からずっと「鉛筆削り」という道具を使ってきたので、果物ナイフくらいしか使ったことがない。十本ほど削り終えたが、どれもこれもデコボコとして形が整わず、自分の不器用さにあきれてしまった。

「ちょっと貸してみなさい」

G《じい》は私から肥後の守を取り上げると、一本の鉛筆を瞬《またた》く間にきれいな円錐形に削り上げた。そしてクルクルと人差し指でナイフを回して見せた。

「子供の頃は、この肥後の守でいろんなものを削ったり切ったりしたものだ。自分できれいに研《と》いで、学校にも持って行ったぞ。危険だという理由でもうとっくに禁止されているようだが、昔はほとんどの男子はナイフくらい持っていた。あくまで生活必需品の一つと考えられていたのだよ、その頃は。ナイフの使い方が下手だと男として恥ずかしかったから、上手く扱えるようにいつも練習したものだ。今でも包丁は当たり前のように使われるが、ナイフはどうも肩身が狭くてかわいそうだ。本当に危険なのはナイフそのものではなくて、その使い方を間違う人間なのだけどな」

「そうですよね〜」

トミ子さんも同調した。私もそのとおりだと思った。

それ以降、雑巾を縫い鉛筆を削ることは私の習慣になった。それにしても毎回どうして芯のすり減った鉛筆が何本も用意されるのか不思議だったが、実はG《じい》が往診している老人ホームで、入所者の認知症予防のために漢字の練習や塗り絵に使用しているものだと後で知った。そして私の訓練が、実はお年寄りの役に立っているとわかって、なんだかうれしい気分になった。

それからもG《じい》からはいろんな課題を与えられた。大工道具で本箱やキャスター付きの台車を作ったり、絹糸で糸結びの練習をしたり。多少慣れた頃には、縫合用の曲がった大きな針と太い絹糸で持針器を使って分厚い革を縫い合わせ、重い荷物を運ぶバッグを私に作らせた（このバッグはとても丈夫で、分厚い医学書を何冊入れてもビクともしない。今でもずっと使い続けている）。G《じい》の自宅でバーベキューをしたときには、大きな骨付きの肉を何度も骨髄穿刺針《こつずいせんし》（骨髄の細胞を採取するために使用する太い針）で刺し、骨髄穿刺の練習をすることもあった（もちろんその後には肉をおいしくいただいた)。使用する器具や消耗品はいつもG《じい》が用意してくれて、使用したものはすべてクリニックで処分した。この頃の課題は、医者になってからの私を大いに助けてくれている。

血圧が上がる本当の理由

「いやあ、ここ(G《じい》のクリニック)に来るといつも血圧が上がっちゃうんだよね。家で測るとこんなに高くないけどなあ……、きれいな看護婦さん(現在では看護師が正式な表現だが、今でも年配の患者さんは看護婦さんと呼ぶことがある)のせいでドキドキするのかな」

高血圧で通院している「やまさん」が言った。山元なので「やまさん」と呼ばれている、と言うか、自分から「やまさん」と呼ばせている。なんでも少年時代にはまっていた刑事ドラマの登場人物に「やまさん」というあだ名の敏腕刑事がいたそうで、本人はいたく気に入っているようだ。

「何言ってるの、こんなおばさんをつかまえて、まったく調子いいんだから」

まんざらでもない様子のトミ子さん。そんな人気者の「やまさん」にG《じい》が、

「だからその自分で測った血圧をきちんと記録して、診察のときに見せるように何度も言っとるじゃないか……」

「いや、ときどき測るだけで、毎日はちょっと……」

「その、ときどきの分でいいから見せてくれんか」

「じゃあ、今度こそ持ってきますよ。でも、本当にここに来ると血圧が急に上がっちまうのですわ……、いったいどうしてでしょうかね？」

「口うるさい医者の前だと緊張するからだ、と言っていたらしいじゃないか。だから今日は、別の部屋でやさしい看護師に測ってもらうようにしたのだろうが。それでもダメならば（クリニックの）雰囲気そのものが怖いのだろう。子供の頃にどこかの病院でよっぽど痛い思いでもしたんじゃないのか？」

「いや、そんな記憶はないですがね……、俺ってこんなに気が弱かったのかなあ……」

「ともかく今日から2週間、自宅で血圧を測った結果をこの手帳に記録して、今度こそ見せてもらおうか。いろいろと考えるのはそれからのことだな」

「わかりましたよ。それで、何時頃に測ればいいですか？」

「朝起きて、すぐ動き出さずに数分間はゆっくり座っているときに。そして夜は、寝る前にしばらくくつろいで測ればいい。朝と夜で血圧が大きく変化することもあるから、必ず1日2回、面倒くさがらずに測るようにするのだぞ」

「ガッテンです。それじゃあ、頑張って（血圧の値を）つけてきますわ」

そこですかさず、トミ子さんが血圧手帳を渡しながら念を押した。

「ハイ、これにちゃんと記録してくるのよ。ときどき忘れてもそれはそれでいいのだから、今度のときに必ず持ってきて見せてね」

「わかったよ、トミ子さんに愛想つかれないようにちゃんとやらないとね！」

上機嫌な様子で「やまさん」は診察室を出て行った。

「本当にきちんとやるかしらね、あの人はお調子者でいつも返事だけはいいんだから」

とトミ子さん。

「きっと大丈夫よ、トミ子さんにはいいとこ見せたそうにしていたから」

私がそう言うと
「そうそう！」

G《じい》も同意した。

「本当に『やまさん』が言うように白衣高血圧なのでしょうか？　なんだか陽気でおおらかそうに見えるけど」

「何言っているのですか、『やまさん』って本当はとても気が小さいのよ。それで自分の緊張を紛らわすためにいつもはしゃいでいるってわけ。白衣を見ただけで血圧が上がってしまうのも無理ないわ」

「白衣高血圧なのは間違いないな」

G《じい》もトミ子さんに賛同した。

「でも、どうしてそんなにはっきりわかるのですか?」

不思議がる私に、トミ子さんが答えてくれた。

「だって血圧を測り始めると『やまさん』は急に脈が速くなるし、息までピタッと止めちゃうから、よっぽど緊張している証拠でしょう」

なるほど、ベテランにはそんなことまでわかるものなのか……。

「そうよ。男は見かけによらないんだから、だまされちゃだめよ、有里センセ」

由美さんが楽しそうにちゃかす。そしてG《じい》は一言つぶやいた。

「しかしあの分では、自宅血圧まで高いかもしれないな……」

血圧計を前にして一人で勝手に緊張している「やまさん」の顔を想像して、私はつい「ハハハ」と笑ってしまった。ごめんなさい「やまさん」。

医学生「有里」の解説

健診などで血圧の上昇を指摘されて受診する人は結構多いようですが、降圧剤(高血圧の薬)を処方する必要があるのかどうかを判断するには、自宅での血圧測定が必要になります。というのも、本当は高血圧ではないにもかかわらず、診察や健診のときに緊張して一時的に血圧が上昇する人がいるからです。

自宅血圧のチェックは降圧剤の効果を判定する上でも非常に大切で、診察時の血圧上昇だけを目安に降圧剤の増量を行うことは、過剰投与による低血圧を招く危険があります。しかし単に面倒くさがりなのか、それとも現実逃避したいのか、自宅血圧をノートにきちんと記録することを嫌がる患者さんも少なくありません。

ところでG《じい》によると、いつまでも血圧が改善しない患者さんには共通点があるそうです。

- 起きたときからずっと焦《あせ》っていて、朝食をゆっくり食べない
- 栄養が糖分に偏りバランスが悪い
- 就寝前にアルコールは飲むが、水は飲もうとしない
- 肥満を改善しようとしない、運動がきらい

などの生活習慣と同じくらい大きな要素として

- 自宅血圧を記録しようとしない

ことが挙げられるそうです。

血圧を測ろうとしない人には、血圧を測る行為が特別なことだという意識があるため、当然緊張してしまい高い数値が出てしまいます。そしてその数値を見ると気分が滅入るため、自宅血圧を記録するのが嫌になってしまうそうです。だから結果を気にする前に、まずはともかく実践して「血圧を測ることは特別なことではない」と思えるようになれば、自然と血圧も改善するはずです。

太陽をもっと好きになれ

「少しは外に出て運動したらどうだ。今日はすごく天気がいいじゃないか」

G《じい》が話しかけているのは佳子さん、ときどき不定期にG《じい》のクリニックにやって来る。もう50歳を過ぎているけれど、すらっとした色白の美人でちょっと艶《つや》っぽい。

今日は、このところ熟睡できずに目覚めが悪く身体がだる重い、と訴えている。

「でも紫外線は身体に悪いでしょう、シミもできるし……」

佳子さんが言い返す。そりゃあ、あの美貌を保つためには、きっと人一倍気を遣《つか》っているに違いない。だって、駐車場からのちょっとした距離でさえ、とってもおしゃれな日傘をさしてやって来たくらいなのだから。

「何を言っておるか。むしろ太陽光が不足することの方が健康にとっていろいろと問題が多いのだぞ」

「そんなの嘘よ、だって皮膚癌にもなるって言うじゃないの」

こんな風にズケズケ話せる佳子さんって、いったい何者だろう？　ひょっとしてG《じい》にとって特別な女性？　美人だし、あり得ない話ではない。なんて私が妄想しているとG《じい》が尋ねた。

「そう言うけれど、だいたいどれくらいの日本人が、皮膚癌で死んでいるのか知っているのかね?」

佳子さんは医療関係者じゃないのだから、そんなこと聞いたって知っているはずないでしょ!

と心の中でつぶやいていると、

「おい、どうなのだ? 国家試験の勉強をしている最中だから知っているだろうが」

えっ、ひょっとして私に聞いているの!!

「いや、その、ちょっと覚えてなくて、どれくらいだったかな、そんなに多くはなかったと思うけど……」

私がオタオタしていると、受付の方から由美さんが(ちょうど待合室には患者さんがいなかったので)大きな声で教えてくれた。

「皮膚癌の罹患患者数はだいたい1万5千人くらいで、年間死亡者数は1500人程度ですって」

「すごい、由美さんってそんなことまで知っているのですか」

私が感嘆の声を上げると
「だって今、ヤッフーで調べたのだから。その気になれば何でもすぐ分かる、便利な時代なのよ」

「なんだ、そうでしたか……」

するとG《じい》は、

「患者さんも同じように知識が得られるという点では、ある意味しんどい時代でもあるけどな」

そうつぶやき、問いかけた。

「喘息《ぜんそく》の年間死亡数と大差ないようだな。ところで、この数字は多いのかそれとも少ないのか、どう思うかね？」

私に？　いや今度は佳子さんの方を向いている。

「1年間に1500人って、すごく多いじゃない。やっぱり紫外線は女の敵なのよ」

と佳子さん。だけど男性だって皮膚癌になるけどね……。

「そう思うか？」

今度は私の方を見ている。

「いや、でも他の癌に比べればそれほど多い数ではないと思いますが……」

「そうだよな。ちなみに子宮癌だとどれくらいだっけ？」

「えっと、確か……」

「子宮《しきゅう》癌は約6400人だって」

由美さん、ナイスタイミング！

「肺癌は6万5千人よ、胃癌は5万人……、これらに比べれば皮膚癌は少ない方よ」

G《じい》はちょっとニヤニヤしながら、

「由美ちゃん、それじゃあ、うつ病も調べてくれよ」

「えっと、うつ病の患者さんは現在100万人以上で、年間約3万5千人の自殺者のうちの60%くらいはうつ病だと推定されているようです。ということは、うつ病が原因で自殺する人は1年間に約2万1千人もいるということよね……。それに、これは自殺と認定されたケースの統計で、認定されていないケースの方がむしろ多いのではないかと書かれていますヨ！」

「ありがとう、ついでに大腿骨《だいたい》の頸部《けいぶ》骨折はどれくらい発症しているかね」

「ちょっとお待ち下さい……、では発表します」

いつの間にか由美さんの独壇場になっている。

「大腿骨頸部骨折はほとんど骨が弱くなった高齢者に起こるのだけど、推定ではなんと年間10万人以上、それっきり歩けなくなる老人も多いようですね」

「ほらっ、今のを聞いたかね」

どうだと言わんばかりに、G《じい》から話しかけられた佳子さんは、

「まあね、皮膚癌がそんなに多い方ではないということは解ったけど……。それでも癌になる確率が上がることは間違いないじゃない。それに、うつ病だとか骨折だとか、何か皮膚癌の話と関係あるのかしら?」

G《じい》はそれに直接答えようとはせず、私に尋ねた。

「どうだ、何か意見はあるかね?」

ちょうど『G《じい》はこんなことを言いたいのだろうな』と考えていたところだったので……

「太陽光が不足すると、うつ病や高齢者の骨折の原因となる骨粗鬆症《そしょう》になりやすいのです。だから過剰な紫外線対策は、むしろ身体と心の両方に害をもたらして、丈夫で長生きすることも困難になってしまうと思います」

と、すかさず答えたが、G《じい》からまた一言。

「まあ、簡単に言えばそういうことだな。で、もう少し詳しく説明してもらえるかね？」

うわあっ来た来た。それを学生の私に期待するのはやめてくれませんかね、なんて言えるはずもないから、知っている限りの知識をつなぎ合わせて、

「まず骨の構造に大切なカルシウムの吸収には、活性型ビタミンDが必要なのですけれど、太陽光を浴びないと、この活性型ビタミンDが不足するようになるので、骨がもろくなり骨折しやすくなるのです。特にお年寄りが尻餅をついたときに起こりやすいのが、大腿骨頸部の骨折で、ここが折れてしまうと全く歩けなくなってしまいます。手術をしてリハビリも頑張ってまた歩けるようになる患者さんもいますけど、それっきり寝たきりになってしまうことも多いようです。そうなると認知症も発症しやすく、なんだか哀れな老後になってしまいますね。それからビタミンDにはいろんな癌の発症を抑制する作用もあるそうですよ」

いつの間にか、私はG《じい》に代わって佳子さんに説明するように話している。ここまでは結構いい線いっているはずだ。

「ふ〜ん、そうなの。まだ学生さんなのにたいしたものね、よくわかるわ、今の説明。で、うつ

病はどうなの？」

実はこっちが問題なんだな、記憶があやふやだし、と思いながらも、

「生き物には体内時計があるって知っていますよね。ヒトにも体内時計があるのですが、これが狂ってしまうといろんな不調を起こしてしまいます。1日は24時間ですが、ヒトの体内時計は25時間だと言われていて、毎日リセットしないと遅れてしまうそうですよ。

たとえば、気が緩むとだんだん朝寝坊になってしまうのも納得できますよね。この体内時計の調節に大切なのが、毎朝太陽光を浴びることなのです。太陽光をしっかり浴びれば、生体リズムに欠かせない脳内物質、たしかセロトニンという物質だったかな（ここで私は確認しようとG《じい》の方をちらっと見たが知らん顔、そこで由美さんの方を向くと、そうそうとうなずいてくれた。やっぱり由美さんナイス！　パソコンでずっと検索し続けていたんだ）。セロトニンが太陽光を浴びることによってたくさん作られ、私たちは元気に活動できるのです。そしてこのセロトニンからメラトニンという睡眠を誘発する物質も作られるのですけれど（ここでも由美さんをチラッと見た）、メラトニンは夜暗くなるとたくさん分泌されて、朝日を浴びると分泌がストップするのです。このような訳で、太陽光が足りないと、うつや不眠になりやすいのです」

あ～しんどかったけど、なんとかうまく説明できてホッとしたな、と私が一息ついたときに、G《じい》が口を開いた。

「よしよし、よくできたぞ。佳子さん、これでちょっとは太陽が好きになっただろう」

「そうね、先生の説明よりもずっとわかりやすかったわ。でもね、やっぱりシミは嫌だしね、どうしようかしら」

「さっきからシミシミと言っているがね、本当はきちんと栄養を摂って運動することが、皮膚の新陳代謝を高めて美肌を作り出す元なのだぞ。汗もかかんようでは皮膚が弱くなるし、栄養が偏ると皮膚はきたなくなる、筋肉が減ると皮膚もたるんでしまうぞ。それに骨粗鬆症《そしょう》になって背骨が曲がってしまったら、一気に老け込んだ印象になってしまうじゃないか。まずはしっかり食べて、運動することだよ」

「わかったわ。ところで肌に良い栄養って、例えば何があるの？」

「いろいろあるが代表的なのはビタミンEかな、ナッツ類などにたくさん含まれているはずだが」

「それって、お薬では処方できないの？　ねえ、お願いだから処方してよ」

「薬は病気になったときに処方するものだぞ。佳子さんは病気ではないんだから、美容のためには食べ物から摂取すればいいじゃないか。どうしてもというならば、サプリメントもあるだろうが」

「だってサプリは自分で買わなければいけないじゃない。薬で出してくれた方が安く上がるし、それに先生だってその方がもうかるでしょ？」

佳子さんはしつこく粘ったが、Gは《じい》本気モードで、

「ダメだと言ったらダメだって！　そんなことに大切な医療費を無駄遣いしてはいけないの！　それに〝儲かる〟って、ひょっとして俺のことを、そんなモラルのないアホ医者だと思っているのかね？　とにかく処方する気はないから、いいかげんにあきらめなさい」

「そんなに怒らなくてもいいじゃない。相変わらず変なところが真面目で頑固ね。でも大丈夫、先生のそんなところが大好きだから安心してちょうだい」

　まるで痴話げんか、とても医者と患者の会話とは思えない。

　それから佳子さんは受付で、

「ごめんなさいね～、なんだか調子に乗って先生を怒らせちゃったみたい。でも、困ったらまた来るからよろしくね」

　と愛想良く話していたが、

「まあいいわ、マサ先生に頼んでみようっと」

と独り言にしてははっきり聞こえる大きな声でつぶやきながら帰って行った。

G《じい》は憮然《ぶぜん》としているかと思いきや、みんなと一緒に笑っている。

「ハハハ、全く佳子さんにはかなわないな」

「あの～、佳子さんて、いつもあんなに馴れ馴れしい感じなのですか？」

　私が由美さんに尋ねると、

「そうよ、いつもあんな感じ。先生がいろいろ説明しても、なんか受け流しているようで。病気を診てもらうつもりというよりも、ただいろいろと話したくて来ているような感じがするわね」

「それじゃあ、さっきは冷たくされたと思ってがっかりしたかも。ちょっとかわいそうな気もしますね」

「そうでもないのよ。適当にやさしく扱おうとするのではなくて、本気で意見を言ってくれる方がうれしいみたい。あの人ね、一見苦労がなさそうに見えるけれど、まだ若い頃にご主人が亡くなって子供さんもできなかったので、ずっと一人暮らしなの。身内も近くにはいないそうだから、けっこう寂しいのだと思うわ。だからまるで兄妹のようにつき合ってくれる先生のことを慕っているのよ、きっと」

「あの、それで、先生とはいったいどんな仲なんですか？」

私は一番の核心を聞いた。

「どんな仲とはどういう意味だ？　なんだかいやらしい感じじゃないか」

小声で話していたつもりだったが、どうやらG《じい》にしっかり聞こえていたようだ。

「気をつけないと、先生は耳がいいのよ。診察しながらでも待合室の様子が分かるくらいだから」

由美さん、今ごろ注意されてももう手遅れです。

「彼女は行きつけのスナックのママさんだ。最近はあまり行っていないけどな、開業するまでは病院の仲間と一緒によく飲みに行ったものだ。さっき『マサ先生』と言っていたのもそのときの同僚だ。あいつはずっと熱を上げていたからな、頼まれたら断りきれないかもな」

「なんだ、それだけ？」

「昔からの知り合いに会うと、自分の若い頃や楽しかったことが思い出されて、なんとなく気分が高揚してくるものだ。だからちょっと馴れ馴れしい口調になるのも無理はない、そうだろう」

下衆《げす》の勘《かん》ぐりを私が恥じていると、

「それよりもさっきはなかなか良い出来だったぞ。よし、今日から正式に弟子にしてやろう！」

えっ？　私の中ではもうとっくに弟子になっていたつもりですけど。でも、正式に弟子として認めてもらえたのは名誉なことで、とてもありがたいではないですか！

「ありがとうございます。よろしくお願いします」

私が即座に返答するや、G《じい》は予想もしていなかった言葉を口にした。

「それではまず、お金の条件をはっきりさせておこうか」

えっ、まさか授業料が発生するなんて。私は焦った。

「うわあっ、タダでお願いします。あまりお金に余裕がないので、なんとかタダでお願いします〜」

「何を勘違いしているんだ。これからは、少しだが手伝った分のバイト代を出してやろうとしているのに、そうかタダがいいのか。しょうがないのう、タダにするか」

私は早とちりを後悔しながら、G《じい》の顔をチラチラと覗き込んで懇願した。

「まったく人の話は最後まで聞くものだぞ。少しだけれど、これからは手伝った分だけバイト代を出すことにしよう。だから、お金のことは気にせずに（他のバイトはするなという意味）しっかり勉強するように」

私は貧血だけではなく、金欠までG《じい》に治療してもらうことになった。そして、夏休みが終わってからも、時間を作り出してはクリニックに通い続けた。

医学生「有里」の解説

毎日の生体リズムを整えるために欠かせないセロトニンの分泌には、毎朝2500ルクス以上の光を浴びる必要があるそうです。ルクスとは明るさの単位で、屋外の太陽光は晴れの日には10万ルクス、曇りでは1万ルクス、雨の日でも5000ルクス程の明るさがあります。そして晴れの日には屋内にいても2500ルクスの光を浴びることができますが、平均的なオフィス照明は1000ルクス、一般住宅の照明では500ルクスの明るさに留まります。ということは、室内の照明の灯りでは不十分であり、体内時計をリセットするためには屋外に出ることが大切だということですね。時間的には一日のうち30分ほどで十分だそうです。もし外出が無理な場合でも、窓越しに太陽の光を浴びるようにしましょう。

また、日光浴によってビタミンDのレベルを上げることは、発癌予防の効果もあるそうです。ビタミンDレベルの高い人では、大腸癌、乳がん、前立腺がん、食道がん、咽頭《いんとう》癌、膵《すい》臓《ぞう》癌、白血病などの発症リスクが2〜8割低下し、たとえ発癌してもビタミンDレベルが高い人の方が生存率は高いと報告されています。また、ビタミンD欠乏は高血圧、糖尿病のリスクを増加させることもわかっています。

きちんと太陽光を浴びることは、健全な身体と心を維持するためにとても大切な習慣だということがよくわかりますよね。皆さんは必要以上に太陽光を避けていませんか?

事件の背景

「どうしてあんな事件が起こるのかわかるか?」

G《じい》が言っているのは、老人ホームの介護職員が入所者に次々と殴りかかり、その内2名が亡くなった、あのいまわしい事件のことである。

「どうしてって聞かれても。ちょっと信じられないような行為だから、私にはよくわからないのですよね。でも、介護士ってすごく大変な仕事だから相当にストレスが溜まっていたはずで、何かのきっかけで我慢していた感情が爆発したのじゃあないでしょうか?」

「それで弱々しい老人を殴り殺したのか?」

「確信的に殺したというよりも、衝動的に殴ってしまい、結果的に死なせてしまったのだと思いますけど」

「何バカなことを言っとるの。自分では何もできなくなっている弱った老人を殴ったら死ぬかもしれないことは、誰でもわかりきったことだろうが。それに過去にも何度か殴っているそうじゃないか」

「そうですね、普通は腹が立ってもあんなことは絶対にやらないですよね」

「だから、どうしてあんな凶暴な事件が最近ではよく起こるのかわかるか、と聞いているのだが、何か思い当たることはないかね」

「キレやすい人が増えているのかもしれませんね」

「すぐキレる怖い兄さんならば以前からいるだろう？　昔は街のあちこちで激しい殴り合いの喧嘩が見られたものだったぞ」

　私が答えに困っていると、

「そもそも介護士にはどんな人が向いているものかね」

「そりゃあ、優しくて世話好きな人に決まっています。それからお年寄りが好きとか、体力があることも大事だと思います」

「それで実際のところ、介護士を目指すすべての人の動機が本当にそうなのか、と考えたことがあるかね？」

「そう言われると、人によっていろいろあるかもしれませんね。もともと介護の仕事に自分が向いていると思っている人ばかりじゃなくて、本当はもっと他の仕事がしたくても求人が見つからず、生活のために介護士になった人もいるのが実情なのでしょうね」

「まあそういうことだ」

G《じい》はそう言って、さらに続けた。

「いいか、世の中には気の優しい人間ばかりではなく、気が荒い人間もいるのが現実だ。もちろん、どんな人間にも長所と短所があるけどな……。しかし、性格的にも適性というものがある。世間がもっと混沌としていながらも寛容だった昭和の頃には、気が荒く喧嘩ばかりしている若者にも、義理人情を覚えながら生計を立てる居場所があったものだよ。しかし『立派なヤクザ』なんてものは全否定されて、すべてが暴力団・反社会的組織として撲滅《ぼくめつ》されつつある現在の社会では、彼らの居場所はどんどんなくなってしまい、生活も成り立たなくなっている。中には嫌々ながらも生計のために介護の仕事に就《つ》く者が現れてもなんら不思議ではないだろう。本来は正反対のことをしているはずの、そんな人間は頭に来ると乱暴もするわな」

G《じい》は一息つくと、さらに続けた
「誤解せんように言っとくが、別に俺はヤクザの肩を持っている訳ではないぞ。しかし、ヤクザの組織があろうがなかろうが、気の荒い人間は世の中に一定数いるのは間違いないし、彼らも何らかの仕事に就いて生活しなければならない。では、そのような場所が今の世の中にどれほど残っているのか……、世間にはいろんな人間がいることを覚えながら大人になり、それぞれが棲《す》み分けていた頃に比べると、今はあまりにも世知辛《せちがら》い時代になっているよ。口では個性を唱《うた》いながら、現実的には窮屈なところに追い込んでいる。この単純な事実から眼をそらしていては何も解決せんのよ」

「そう言えば中学の同級生にもいます。絵の才能があって画家になりたかったのだけれど、絵ではまだ収入を得ることはできなくて……、実家も経済的な余裕がなくて、生活のために介護施設で働きながら画家をめざしている男の子が。彼は優しい性格だったから、介護士にも向いているかもしれないけれど、本心はきっと一日中絵を描いていたいのでしょうね。たしかに、元々希望した訳ではないのに、いろんな事情で医療関係の仕事に就く人も多いようですね」

「俺が講義に行っている看護学校でも、他からの転職やシングルマザーになったことを契機に、看護師の資格を得て生計を立て直そうとしている学生がかなりいるぞ。この看護師不足の時世にはありがたい存在でもあるが、本来はもっと違った人生を送るつもりだったはずだ。入学したのはいいが、やっぱり（看護師の仕事が）向いていないと思って退学する者も多いからな。そこを乗り切って国家試験に合格しても、ずっと充実した気持ちで働いている看護師はいったい何割くらいだろうかな」

「そう言えば、ストレスによって精神がおかしくなった看護師が、入院中の患者さんに劇薬を注射した事件もありましたよね……。よりによって医療スタッフから殺されるなんて、本当に怖い時代ですよね」

「医者の世界も同じような有様だろう。儲《もう》かるとか異性にモテそうだといった不純な動機で医学部に入学する者もいるようだが、医者は誰しも医業を天職として頑張るべきだ」

そう言いながらG《じい》がこっちを見たので、すかさず答えた。

「私は大丈夫です。子供の頃からずっと医者になろうと決めていましたから」

これは本当のことだ。

医師になる決意

私が医者になろうと決めたのは高校1年生のとき、もうすぐクリスマスの時期だ。それまで元気だった父が膵臓《すいぞう》癌になったことがきっかけとなった。

父の癌が発見されたときにはすでに進行しており、手術もできない状態だった。

母は「どうしてもっと早く気付かなかったのか」と嘆いたが、自営で大工をやっていたこともあって健康診断を受けることはなかった。だから偶然に発見されるチャンスがあるはずもなかった。本当は数ヶ月前からは時々腰痛を感じることがあったようだが、働き過ぎが原因と考えて市販の痛み止めや湿布で対応していたらしい。しかし、痛みは和《やわ》らぐどころか次第にひどくなり、柔道整復師の資格を持つ伯父《おじ》（父の兄）が経営する治療院に通うようになった。

その伯父から、

「ひょっとしたら、この痛みは骨や筋肉ではなくて、どうも内臓に原因があるみたいだぞ。食事の後に痛んだり、体重が落ちたりはしていないか？」

と言われたが、病院嫌いの父はこのことを母には黙っていた。そこで数日後に伯父が家までやって来て、母にも事情を告げて一緒に父を説得した。私もその場にいたが、普段は優しい伯父が鬼気迫る形相《ぎょうそう》だったのを今でもはっきりと思い出す。

翌朝も父は仕事に出かけようとしていたが、門の前に待ち構えていた伯父にとうとう降参して、母と三人で消化器外科の病院を受診した。伯父が知り合いの『腕のいい先生』に診察を予約しており、採血や超音波、CTなどの検査が速やかに終了した。そして結果が判り、「膵臓癌で手術はできない程に進行している」という残念な告知を父と母と伯父と3人で一緒に聞いた。病院に向かう車の中で、お互いに隠し事は一切しないと約束していたそうだ。

その日の夕食後、私にも事実が知らされた。久しぶりに伯父さんも一緒の、にぎやかで楽しい夕食だったので、せいぜい胃潰瘍くらいだったのだろうと思い込んでいたが、母が食器を洗い終わると、急に神妙な様子になった父がポツリと言った。

「お父さんは膵臓癌だったよ」

予想外の言葉に驚き、聞き返そうとする私をさえぎるかのようにもう一言、

「もう進行していて、手術はできないらしい」

そう告げる父は私を見つめているようで遠くを見ているような虚ろな視線、どこか感情が含ま

れていないような乾いた声だった。

「それって本当に間違いないの？　ひょっとして癌ではない、何か他の病気という可能性もあるのじゃない？」

何かの間違いであって欲しい気持ちが私にそう言わせたが、内心では無駄な抵抗だと分かっていた。

「そう思いたいけどね、写真も見せられたし、なんとなくこうなる予感はしていたのよ」

母がそう言うと父は、

「病気が見つかると仕事を休まなければいけないと思って、放っておいた俺が悪いんだ。みんなに迷惑をかける羽目になって、本当にすまないな」

「もうこうなったら、現実を受け入れるしかないわ。これから大変だけど、私たちがしっかりしなければね」

母は私にそう言ったが、表情は暗かった。そのとき思わず、私はこれまで考えもしなかったことを口にした。

「私、医者になるわ！」

驚いた様子の両親の横で、伯父は腕組みをして目をつぶり、ウンウンという感じで小さく頷いていた。

「だって医学はどんどん進歩しているのでしょう！　今日は治らない病気だって、明日には治るかもしれないじゃない。私は今日からガリ勉して医学部に進学することに決めたわ。だからお父さん、頑張って生き続けてよね。さあ、そうと決めたからにはさっそく勉強しよっと！」

私はそう言って自分の部屋に入り、苦手にしている化学の参考書を開いた。自分がそうすることで、父の未来もひらけるような気になり、心が少し楽になった。

しばらくすると、母がコーヒーとクッキーを持って来てくれて、

「有里、あんた本気なの？　お父さんはうれしそうにしていたけれど、他になりたいものはなかったの？」

「昨日までは大工だったけど、お父さんにいろいろ教えてもらいながらね。だけどさっき医者になることに決めた。今はもう本気だから、気合いを入れて頑張るの。剣道で人に負けないように稽古をして強くなるのと同じ。やると決めたら絶対に一発で合格してみせる。お金がかかるような大学には行かないから安心して」

「有里、あんたは偉いわ。お母さんが高校生の頃にはアイドルになりたいと思っていたものだけどね～」

よりによってこんなときにそんなセリフを口にしたのは、母が私を笑わせようとしたのか、それとも本当に天然《てんねん》だったのかよくわからないが、母は今でもときどき若い頃の話をする。クラスの同級生がオーディションを受けて、アイドルになった（全然有名ではない）が、自分の方がかわいいと言われていたとか、あの頃に戻ってやり直してみたいとか、それじゃあ私は生まれてい

ないのだけどね。

伯父は帰る前に私の部屋に入って来て、

「有里ちゃん、ごめんな」と何度も繰り返しながらすすり泣いた。

なぜ伯父が謝るのか、私にはよく解らなかった。父が癌になったのは伯父のせいではない。それどころか、父のために本当に一生懸命動き回ってくれたことを私だって知っている。今日だって自分の整骨院を休診にして、一日中一緒に行動してくれたのだ。伯父はいつもそうだった。私たち家族のために、自分のことは二の次にして面倒見てくれる、唯一無二の頼りになる存在。その強い伯父が背中を丸めて震えながら泣いている。

「伯父さんは医者でもないくせに、無理やりお父さん（私の父のこと）を病院に連れて行って、いきなり癌の告知までさせてしまった。希望を奪っただけで、助けることはできないくせにな。こんなことなら、もう少し好きなようにさせてやれば良かったよ。そうすれば暗い気持ちで正月を迎えることもないだろうになあ。それにしても、有里ちゃんは偉いなあ。しっかり勉強して医者になってくれよ、伯父さんも応援するからね」

そして、伯父は「偉い、本当に偉いな」と繰り返しながら、また泣いた。

自分がしっかりとしなければ母が困るという緊張感が、ずっと泣くことを抑えていたが、そんな伯父の姿を見ているうちに私も気持ちが高ぶって泣いてしまった。一度あふれた涙は止まることを知らないかのように流れ落ちた。おそらくそれはただ悲しいだけの涙ではなかったと思う。

ちょっと変だけど、自分の決意に自分で感動して流れた涙も含まれていたのかも知れない。

その伯父は大晦日の夜に急死した。くも膜下出血だった。そして翌年、私が高校2年生の秋に父も他界した。

主治医の先生によると、あの状態でここまで生きたことは非常に稀なことらしい。ありがたいことに、怖れていた痛みも激しいものではなかったため、最期も自宅で看取ることができた。

父は死ぬ間際に一言、「頼む……」と言った。

母に言ったのか、私に言ったのか解らなかったが、2人同時に、「大丈夫だから安心して」と答えた。そして一緒に手を握りながら、「これまでありがとう」と話しかけると、「ウン」と頷き、息を引き取った。

静寂と悲しさの中に、母と私にはやり残した後悔は何も見つからなかった。

父が生きているうちには、私たちはそれまでの何倍も話をした。私の成績もぐんぐん伸びていたので、父はうれしそうによくこんなことを言っていた。

「いいか、有里、きっと医者の世界も大工とそんなには変わらないはずだ。腕を上げるには、まず一心不乱に努力すること、そして師匠を選ぶことが大切だぞ」

私がG《じい》の弟子になったのは、もしかしたら父がそうなるように導いたのかもしれない。

このことは、まだ誰にも話したことはない。

咽《のど》がつかえる老人

「まだ起きているか？　起きていたらすぐ返信するように！」

パソコンに向かって症例報告のレポートをまとめていると、G《じい》からメールが届いた。

「起きていますけど、今は必死にレポート作成中です！」

「5分くらいいいだろう？　気分転換に簡単な症例問題をメールするから、すぐに答えるように」

もうすぐ24時、明日までに提出しなければならないのに、という気持ちもあったけど、好奇心の方が完全に勝った。よっぽど面白い症例に違いない！

G《じい》からのメールはすぐに届いた。

「90歳の男性だが、食事がうまく通らずにやせてきたらしい。どのようにアプローチするかね？外見上は顎《あご》や頸部に異常はないし、耳鼻咽喉科はすでに受診済み。異常はなかったそうだ」

えっ？　これって楽勝でしょう。レントゲン透視下で造影剤を飲んでもらえば、どこが狭くなって食事が通過しないのかすぐわかるはず。年齢から考えてもまず進行した食道癌に間違いないでしょう。

G《じい》は私がまだ学生だからと思っているようだけど、いくらなんでもこれくらいわかるでしょう！　と息巻いて、「もっとも疑わしいのは進行食道癌。食道の造影検査で診断します」と返信すると、「ふ〜ん、本当にそれでいいのかな？」と、G《じい》からちょっと私をバカにしたようなメールが届いた。

えっ何で？　どこが間違っているのだろう、回答には自信があったので納得し難い気持ちがあったが、とにかくもう一度考え直すことにした。すると、なんだそうだったのか！　ようやく解った。90歳の老人に造影剤を飲ませれば、誤嚥《ごえん》してしまう可能性もある。「訂正。老人で誤嚥の可能性もあるので、内視鏡の方が適切かと。それに先生のクリニックには透視装置がないですから！」

これでどうだ、我ながらよく気付いたものだといい気分になったのもつかの間、即座に、「勇気があるね。しかし知らぬが仏、知ったら怖いぞ」という返信と一緒にメールで送られてきた添付画像を見て、私はまさに絶句した。

そこにあったのは胸部下行《かこう》大動脈にできた動脈瘤《りゅう》のCT写真（患者さんの名前や生年月日は解らないように処理されている）、それも直径が９㎝近くもある特大のもので、食事がつかえてしまうのは、この動脈瘤が食道を圧迫しているからだろう。そして、この大きな動脈瘤はいつ破裂してもおかしくない。こんな状態の患者さんに内視鏡を挿入して、動脈瘤に外圧を加えてしまったら、もし破裂させてしまったら手の打ちようがなく即死だろう。それも医療事故という形で、食道透視にしても造影剤を誤嚥して強く咳《せ》き込んでしまったら……ウワッ、ヤバッ！

自分が遭遇《そうぐう》したかもしれない場面を想像しながら、危機一髪難を逃れて安堵したような気分になっているところに、またすかさずG《じい》からのメール。

「食道の造影や内視鏡は、国家試験では正解かもしれないが、医療の現場ではそうはいかない。たとえ確率は低くても可能性のある危険な病態を、できるだけ安全な手段で鑑別することが先だ。わざわざ地雷を踏みに行くようなまねはしないことだ、解ったかな」

「簡単に考えていました。医師になってから地雷を踏まないように気をつけます。本当にいい教訓になりました」

私が返信するや否や、

「そりゃあ良かった。で、この患者さん、これからどうする?」というメール。

このままだといつ破裂するかわからないし、できれば手術したいところだけど、年齢的には無理そうだな。でもこんな爆弾みたいな病気を持っていたら気が狂いそうだし、それに食べることもできないのよね。私なら一か八か思い切って手術するかもね、なんて考えていたところに、

「それを判断するために必要な情報は伝えていないので、今日はこれまで。続きはまた今度会ったときに話そう。もうレポートに戻りなさい」

「それではまた近いうちにクリニックにお邪魔します。どうもありがとうございました」

再びレポートに取りかかろうとしたが、私の脳はまだあの動脈瘤の映像に興奮していた。それに、G《じい》があんなに速く返信して来るなんて。普段は紙カルテでパソコンを扱っているところは見

かけなかったので意外だったが、（G《じい》のことだから）その気になれば高速でキーボードをたたくこともできるのだろうか。メールのやりとりは5分程だったが、レポートの仕上がりは1時間程も遅れ、午前3時過ぎになってしまった。

それから3日後の午後に、私はG《じい》のクリニックに出かけて行った。ちょうど休憩時間になるタイミング（平日は夜八時までの診療なので、午後四時から五時までは休憩時間となっている）なので、待合室に患者さんは誰もいなかった。入り口の自動ドアが開いたと同時に気付いてくれた由美さんが、

「あら、こんにちは、有里センセ。ずいぶん久しぶりじゃないの。先生は（私が「今日、行きます」と連絡していたので）朝から楽しみにしていたのよ」

「ごめんなさい。私もずっと来たかったのですけど、病棟実習やレポートで遅くなって、どうもご無沙汰《ぶさた》していました。よかったらこれ、皆さんで食べて下さい」

ハーゲンダッツの季節限定アイスクリームを手渡すと、奥の方からトミ子さんたちも顔を出してきた。

「あらあ、悪いわね。まだ学生さんなのに、無理しないでね」

そう言いながらも、

「あんたはどれにする？　私はこれがいいけど」

ワイワイにぎやかに分け合っている。私もそうだけど、女性は美味しいもので機嫌が良くなる

生き物なのです。

そこにG《じい》も現れて、

「どれ、わしはどれにしようかな」

と物色していると、由美さんがすかさず一言、

「もう先生の分は余っていませんよ」

「えっ、どういうことだ?」

「ちょうど私たちで数がピッタリです！　いいじゃないですか、先生は患者さんにも『甘いものは控えろ』と言っているのだから、自分でも実践しなきゃいかんでしょう」

こんな風にピシャリと言い切る由美さんってスゴイ。さすがのG《じい》も返す言葉がなくて、ちょっとしょんぼりした様子。

「先生にはこれをどうぞ！」

私が『ウナギの骨せんべい』を取り出すと、

「なんだ、骨は丈夫なのだがな」

と言いながらも、すぐに袋を破ってバリバリと音を立てて食べ始め、

「これは結構いける味だな。患者さんにも教えてやろう。どうもサンキュー」

G《じい》はすっかり上機嫌。手みやげがあれば、やっぱり男性もうれしいようです。

一段落着いたところで、あの動脈瘤の患者さんの話になった。

「ちょうど心臓血管外科で実習している同級生のT君にあの動脈瘤の画像を渡して、指導医の先生に見せてもらったら、最初は一目見て『一刻も早く手術すべきだ』と言われたそうだけど『90歳です』と伝えたら『そりゃあ無理だな』と。T君が『でも食事も飲み込めないし、いつ破裂するかわからない恐怖で気がおかしくなりませんか』と聞き返したら『もう90歳だぞ、生きてもあと少しだろう。すでに認知症になって恐怖心もなくなっているかもしれないし』って。それでもT君は、これから爆弾をかかえて恐怖の毎日を送らなければならない患者さんが気の毒だと思い『もし本人がまだしっかりしていて、手術中に死んでも後悔しないと覚悟を決めていて、家族全員も同じように希望したらどうですか?』と粘ったらしいのだけど」

「ほう〜。T君もなかなか頑張るな。それで?」

「こんな風に言われたそうです。『無理なものは無理だよ。君もこれから医師になったら、みすみす危ない橋を渡るようなまねはしないことだね』って」

「そうか。それで、T君は納得したのかね」

「彼は『頭では理解できているのだけど、僕の心が納得してくれないのだよな』なんて、意味不明なのか格好いいのか、よく解らないことを口にしています」

「そうか、面白いやつだなT君も。それで自分（私のこと）ではどう考えているのかね?」

「私もよくわからないのです。確かに90歳といえば高齢で体力も弱っているだろうし、でも、いつ破裂するのかわからないなんて、自分だったら何歳になっても嫌だな……もし入浴やトイレの最中に急死したら恥ずかしいし、一人暮らしならば何日も経って発見されることになるし。癌や老衰とかだったら、徐々に弱っていくから心の準備はできるだろうけど」

「心筋梗塞《しんきんこうそく》や脳出血でも急死することはあるぞ」

「それはそうだけど、ちょっと違うかな。だって、そっちは結果的には突然だけど、予防薬もあるし、運が良ければ救命できることも多いでしょう。患者さんも入浴や外出のたびに恐怖を味わうことはないと思うけど、いつ破裂するかわからない動脈瘤を持っている恐怖感はちょっとレベルが違うわ」

「それじゃあ、一か八か手術してもらうか」

「私ならそうしたいところだけど、でも手術って一か八かでするものじゃないでしょう。それに、患者さんの考えを聞かないと。そんなに高齢な患者さんなら、もう痛い思いはしたくない（手術はしないという意味）と思っているかもしれないし」

「それはそうだな。では、さっそく会ってみるか」

「えっ？」

そこに登場したのは、私が想像したのとは全く違う姿の老人、いや老紳士。食事が思うように摂れないためか、痩せてはいたが背筋はシャキッと伸びており、何よりもその眼には力があふれている。ギロッとした眼力は、どこかG《じい》に似ている。あっけにとられている私にG《じい》が紹介してくれた。

「この方は高見さん。あの大動脈瘤の患者さんだ」

「初めまして。私は山谷有里《ありり》、医学生です」

「どうも初めまして、高見圭介です。よろしくお願いします」

「それで高見さん、これからどうしますか？」

G《じい》が尋ねると、高見さんに付き添っていた中年の男性がすかさず答えた。

「会長がいつ急死されるかわからない危険な状態のままでは困ります。なんとか手術できませんか？」

多少興奮気味の彼を諭《さと》すように高見さんが言葉を発した。

「まあまあ、青田君。そんなに急いではいかんぞ。私のような年寄りに大手術をしてくれる病院なんて、そう簡単には見つからないものだ。そうでしょう、先生」

てっきり息子さんだと思っていたこの男性は、どうやら高見さんの部下のようだ。

「たしかに簡単じゃあないでしょうね。そうだろう？」

G《じい》は私に話を振った。

「ええ、私は今、大学病院で実習中なのですが、そこの心臓血管外科の先生もあまり手術には乗り気でないそうです。あの、すみません。高見さんのことを話した訳ではなくてCTの画像を見てもらっただけで、それにあくまで一般論としてですが」

個人情報には守秘義務があることは学生でも知っている。今回の（T君にも相談した）件については、症例問題という感覚だったのだが、動脈瘤の情報を私が友人に公開したことに高見さんが気を悪くしてはいけないと思った。

「いやあ、そんなに気を使わなくてもいいですよ。ＣＴの写真をお弟子さんに見せてもいいかと先生（Ｇのこと《じい》）に尋ねられていたので、私は役に立つなら喜んでとお答えしたのです。それに、私の素性もわからなかったのでしょう」

「はい、そのとおりです」

「それで、山谷さんでしたっけ？　あなた自身の率直な意見はいかがですか？　こんなヨボヨボの老人が手術を希望するのはおかしいですかね」

「いや、ヨボヨボなんてとんでもありません。実際の年齢よりもずっと若々しいし、まるで映画に出て来る老紳士のようでとっても素敵です」

「ほう、これは褒められ過ぎだな。でも、私はそのようにありたいと毎日努力しています。体力にも自身があったのですが、やはり仕事のストレスが災いしたかな。身体の面倒をきちんとみてやらなかったので、いつの間にか血管が大変なことになってしまいました」

「そうですね、たしかに大変ですね」

「癌も嫌だけど、まだ身の回りの整理をする時間がある。しかし、今の私はいつ急死するかわからない。今ここでお話ししている最中にでも、動脈瘤が突然破裂することだってあり得ますからね。正直、恐怖が半分、もどかしさが半分といったところです」

「たった今、もし私の目の前でそうなったとしたら、救命するのはまず困難ですね」

そんなことをはっきり言い切るG《じい》にも感心する。私はさっきから言葉の一つも見つからず、ただ相槌をしているだけだ。一瞬の沈黙を破って、G《じい》は確信があるかのように尋ねた。

「高見さん、あなたはなんとしても手術を受けたいのでしょう」

「そのとおりです。会社は今の社長に引き継いでいるので、日常の業務に支障はないのですが、実は1~2年後に大きな局面を迎えます。そのときには、やはり私にも創業者としての大事な役割があります。私にとって大切なのは来年以降なのです。だから、今年の予定をすべてキャンセルしてでも、来年以降の安全を確保したいというのが本音です」

「しかし手術中に命を落とすことがあれば、来年以降の予定も吹っ飛んでしまいますが、それは覚悟の上ですよね？」

「まあ一か八かの賭けのようなものですかね。でも私は晴れ男で仕事の運も強いのですよ。

それに考えてもみて下さい、食事もろくろくできない状態で、これから1年先まで生きているとは思えませんよ。たとえ生きているとしても、元気でいられるはずがないじゃあないですか。

それに人は誰しも弱いものです。私だって恐怖のあまり平常心を失って、晩節を汚すかもしれません。若い頃からずっと努力して築いてきた、自分の名誉や信用を失うことだけは勘弁です。もし晴れて手術が成功すれば万々歳、たとえ手術台の上であの世にいくことになっても、ある意味それは安楽死ですよ」

私は高見さんの言葉に圧倒されてしまった。現在の医療では「インフォームド・コンセント」の徹底が基本となっていて、患者さんが納得するまで時間をかけて何度も詳しく説明するように指導されている。病棟実習でも、手術や抗癌剤などの治療について主治医が実際に患者さんと話をする現場に立ち会わせてもらっているが、あらゆる可能性について事細かに説明された患者さんがかえって混乱し、意思決定ができなくなったケースも少なくない。そして患者さんの意志を優先させようとするあまり、主治医も方針を決めきれずに時間ばかりが過ぎて行くこともある。

しかし高見さんは自分自身の考えをはっきりと示し、G《じい》もそれを先に見抜いていた。似た者同士相通じるものがあったのかな？　私の勝手な印象だけど2人はなんとなく似ている。どちらも自分の生き方に強い信念を持ち合わせているようで、おそらく日常茶飯事のように大事な決断を下してきたのだろうな……。G《じい》と高見さんのやりとりから、私はそんな風に想像していた。

「では先生、私はそろそろ失礼しますよ。手術してくれる病院が見つかったら連絡します。もし、先生の方でも当てがあればよろしくお願いします。山谷さん、未来の名医を目指して頑張って下さい。そのうちきっとまたお会いしましょう」

高見さんは退場のときもかっこいい老紳士。部下の青田さんが何度も礼をしながらその後に続いた。

「どうだ、あれこれ考えるよりも、まずは患者さんと話してみることが大切だろう」

「そうですよね、でも私はまだ経験がなくてうまくできないかもしれません」

「若いうちはみんなそうだ。しかし、その医師が医療現場でどのような経験をするか、何を求め続けるかによって次第に差がついて来るものだ。それは患者さんも同じで、一人一人ごとに体力も違えば生き様も異なる。だからまずは、相手をよく知ることが大事だよ」

「相手とは患者さんが持っている病気と、患者さん自身と、その両方という意味ですよね？」

「おおっ、そのとおりだ。よく解っているじゃないか」

「ところで、高見さんの希望はかなえられるでしょうか？」

「医者にもいろいろいるからな、中には手術をしようとする熱血ドクターもいるだろうよ。そう言えばあいつ（G《じい》の同級生らしい）はどうしているかな」

G《じい》の機嫌が良さそうなので、私もつい調子に乗って、

「それにしても先生があんなに高速でキーボードを打つなんて思ってもいなかった。どうもお見逸れいたしました」

「いったい何のことだ？」

「だって、メールの返信がすごく早かったし」

「なんだ、そういうことか。その答えはコピペじゃよ！」

私は数秒遅れて理解した。なんと、G《じい》はあらかじめメールの原稿を仕上げておいて、それを次々とコピペ（コピー&ペースト）して送信していたのだ。ということは、私の思考回路は完全にお見通しだったという訳か。愕然《がくぜん》としている私を尻目に、「そのうちT君にも会ってみたいも

のだな」とG《じい》がつぶやいた。

医学生「有里」の解説

大動脈瘤は先天的要因や外傷、炎症などによって起こることもありますが、通常は老年期の男女に好発《こうはつ》します。加齢や動脈硬化などによって動脈が脆弱になると、血管内からの圧力によって動脈壁が次第に伸展して、まるで風船みたいに拡張してしまうのです。

大動脈瘤は小さいうちは無症状のことが多いのですが、大きくなると破裂や圧迫症状をきたすようになります。動脈瘤の直径が5～6㎝を超える場合や、1年間に4㎜以上の急激な拡大がみられる場合には破裂する危険が高くなるので、手術によって人工血管に置換する必要があるとされています。

拡大した大動脈はいろんな臓器や神経を圧迫し、その部位によって、顔面の浮腫《ふしゅ》や半回神経麻痺による嗄声、気管や食道の圧迫による咳や嚥下困難などの多彩な症状を起こします。もし大動脈から分岐《ぶんき》する各動脈の起始《きし》部に動脈瘤が存在すると、ときとして臓器の虚血を起こします。また、腹部の大動脈瘤は拍動性腫瘤《しゅりゅう》として触れることもあります。

高見さんの大動脈瘤は、横隔膜のすぐ上、ちょうど食道を圧迫する位置にできていました。その直径は8㎝を軽く超えており、原則としてはすぐに手術を行わなければいけないケースです。超高齢や癌など他の病気で体力が低下して余命いくばくもないときには、手術は行わないことが常識ですが、高見さんは90歳という高齢であるにも拘らずとても精力的で、しかも社会的にも重要な立場にある人です。御本人の意思を尊重して、なんとか手術できることを私も希望しています。

「私たち、残業はしません！」

毎月末と月初めはレセプトの集計に追われて、医療事務が大忙しの時期だ。そしてG《じい》のクリニックでは高子さんと由美さんの2人で、通常どおり窓口で患者さんに対応しながら、その合間にレセプト業務もやらなければいけないので大変だ。しかも今日は検査をする患者さんも多く、しかも老人ホームへの往診日。50名ほどの入所者の定期処方もレセコン（受付にある、医療費の計算や処方箋の発行などに使用するコンピューター）から印刷しなければならない。猛烈な勢いでキーボードを打ち続ける2人の様子はとても話しかけられる雰囲気ではない。

時間内に仕事が終わるのは無理だろうと思っていたのだけど、突然、高子さんに声をかけられた。

「有里さん、私たち、時間になったから先に帰るわよ」

「えっ、もう仕事終わったのですか？」

「終わらなきゃ帰れないでしょうが、何言っているんですか」

「レセプトは全部プリントしておいたから、あとは先生がチェックするだけ」

「じゃあ、お先に。私たち残業はしない主義なのよ」

高子さんと由美さんは口々に答えながら、さっと帰って行った。

私はこの時期に事務の2人がきちんと定刻に帰ることがどうしても不思議で、G《じい》に聞いてみた。

「ねえ、先生は職員にサービス残業させることはないのでしょう?」

「そりゃそうだろう、働いたらその分の報酬をもらうのは当然だろうが」

「だったら帰る時間が少し遅くなったとしても、もうちょっとゆっくりしたペースでやった方が、あんなに猛スピードで仕上げるよりも疲れないと思うけどなあ。もらうお金も増えるのになあ。あっ！　ひょっとして、先生が残業を禁止しているのかな」

「お前はアホか！　俺がそんなせこい人間に見えるのか！」

「ごめん、ごめん。そんな意味じゃないのだけど」

「そんな意味にしか聞こえんわ、まったく！」

「でも、どうしてかなって思うのですね。医療事務をしている同級生の話では、どこの病院でも事務方はみんな遅くまで残業して、それでも終わらなければ休日にも出勤しているようだけど、その分の手当がバカにならないと喜んでいる人もいるらしいのにね」

「まあそれはきっと、他のところの事務よりも自分たちの方が手際よく仕事を片付けることができるというプライドのようなものが、うちの2人にあるのだろうよ。それともう一つ」

「もう一つ？」

「時間もお金と同じ価値があるのだよ。『時は金なり』と言うじゃないか」

たしかに今日に限らず、G《じい》のクリニックでは終業時間がいつも守られている。患者さんが多く忙しいときでも、まず残業することはないらしい。あったとしてもギリギリに重症の急患が飛び込んだときや、レセコンの処理をするタイミングを延長せざるを得なかったときくらいのこと。なぜそれができているのか、私にはとても不思議だった。

G《じい》に言わせると、時間内に診療を終わらせるためには、それなりに工夫が必要とのこと。昔ながらの紙カルテもその一つらしい。

「いいか、ベテランの医師が1人で診療するときには、絶対に紙カルテの方が便利で速い。電子カルテを使用しながら、この診療スピードを保つことは絶対に無理だぞ」

「私たちは大学病院の実習では電子カルテばかり扱っていて、紙カルテは使ってないから、特に不便だと感じたことはないですけど」

と口走ったところでG《じい》からにらまれた。

「ひょっとして、この俺がパソコンが苦手なので紙を使っているのだ、とバカにしているんじゃないだろうな」

「いや、そんなことはないけれど」

「けれど、なんじゃ？」

「先生は電子カルテを使ったことはあるのかな？　と思って……」

「やっぱりバカにしているじゃないか！　いいか、そもそも電子カルテが導入され始めたのは俺がまだ開業する前、公立病院にいた頃の話だぞ。検査や処方などのオーダーをどのようにコンピューターで行うのか、会議ばかりで嫌になったくらいだ。それから数年前にはときどき市内の病院から土、日曜日の当直を頼まれていた、医師不足だったからな。そのときにも電子カルテは使っていたぞ。たしかに複数のドクターや部署で情報を共有するには電子カルテはいいだろうけど、弱点も多いものだぞ。たとえばどんなことが思いつくかね？」

「えーと、やっぱり停電になったら大変ですよね。それからコンピュータウイルスによる被害や情報漏洩《ろうえい》など、かな」

「そうだな、停電は誰でも思いつくはずだが、実際には対策がきちんと確立できていない施設も多いようだな。何事もないことを願うばかりのような感じさえする。電子カルテが出て来たばかりの頃は、紙カルテも併用することで保険をかけていた。今では電子カルテに一本化しているらしいが、それには相当大規模な自家発電装置が必要なはずだがね。大学病院はどうなっているのかね？」

「いや、ちょっと詳しいことは知りません」

「医療機関をターゲットとしたサイバーテロに関しては、映画などの題材にもなっているだろう。

電子カルテのセキュリティーシステムは脆弱そうな上、患者情報をやりとりするために、インターネット回線とつながっているのだぞ。良からぬ考えを持つ者がいたら、まさに格好の餌食《えじき》だな」

「それは怖い話ですね」

「それだけではないぞ。開業前に俺が働いていた公立病院で電子カルテの導入を決めたときの理由の一つが、電子化によってカットされる人件費の方がコンピューターの必要経費を上回るというものだった。しかし実際には10年もしないうちに新しいソフトに対応できないとか、部品の供給が終了するとか、もっともらしい事情のため、新しいコンピューターに入れ替えて続けている。その費用たるや、人件費など比較にならないくらいの高額だ。公立病院はまだいいが、コンピューターを入れ替える経済的余裕がある民間病院がどれくらいあるか、考えたことはあるか？」

「いや、ありませんでした」

「まあ、学生にそんなことを知っておけと言う方が無理だよな。だけどな、俺が当直に行っていたある病院では、予算がなくて未だにコンピューターを入れ替えることができずにいる。他所から来たドクターには古すぎると苦情が出るそうだが、どうしようもないのだよ。民間病院の経営はどこも苦しいからな。コンピューターは便利だが、あまりに比重を置き過ぎるとリスクも大きくなる。部品が無くなるのでメンテナンスができないと脅せば、慌てて新しいものに買い替えてくれる医療機関はおいしい客だと思われているのではないかと疑ってしまうよ。そうだろ? 部品はその会社の都合で作り続けることもできれば、止めることもできる。どちらを選ぼうとしているかだろ。それに診断や治療に必要な医療機器よりも高額なのだぞ、腹が立たんか」

「はあ」

「そうは言っても、大病院では電子カルテがもたらす恩恵が大きいのは間違いない。だから、どうすれば諸刃《もろは》の剣のような弱点も克服できるのかをもっと真剣に考えて欲しいわ。特に医療用という名目で馬鹿高くなっているのはなぜなのか? そこが一番問題なのだが、自分の懐《ふところ》が痛まないことには誰も無関心だからな」

どうやら、私のちょっとした挑発がG《じい》を刺激してしまったらしい。軽い冗談のつもりだったのだけど、まずかったかな? でも、G《じい》が伝えたかったことは理解できた、と思うが、説教? はまだ続いた。

「だからな、ここ(G《じい》のクリニック)のようなところでは、今のやり方が効率的なのだよ。紙カルテをそのまま看護師に見せれば指示が伝わる。薬品の説明や患者さんが書いたメモも、添付しておくことができる。解りやすく絵を描くことも簡単。情報をまとめ、声が聞こえる距離の相手に伝えるのには紙の方が優れている。遠く離れた相手に伝えるのは電気の方が早いがね、急がなければ直筆の手紙の方がうまく伝えられることもあるものだ。それにな、毎日同じだけの作業を行った場合、モニターと紙では眼の疲労が明らかに違う。今はわからなくても、年を取ればよくわかるようになるぞ」

私は、右手にペンを持ちながら半身の構えで患者さんと向き合いながら話をしているG《じい》の姿をずっと見ている。カルテには予防注射の記録や紹介状の写し、患者さんが自分の症状や血圧や体温、ときには食べたものなどを記録してきた紙までも一緒に閉じてある。それから、カルテの背にあたる部分は、ア行、カ行と分けてマジックで色分けしてある。もし、間違って他のカルテ棚に入れてしまっても、見つけやすいようにするためだ。

G《じい》はきっと電子カルテを毛嫌いしているのではなく、もっと経営者も患者さんも納得できるような仕組みを作ることができるはずだと思っているのだろう。

運動ではやせない

「ねえ、どうして今の患者さんにダメ出ししたのですか?」

私はどうも納得できずにたずねた。

患者さんは肥満の女性、血糖値がやや高く、脂肪肝もある。その彼女が帰りしなに、「ちょっと運動をサボっていたので、またこれから運動してやせます」と約束したのに、「そんなことではやせないよ!」とG《じい》が断言したのだ。

「えっ、わからんのか?」

（わからないから聞いているのでしょうが）と心の中でつぶやいた私に、Ｇ《じい》は『しょうがないな』というような顔をして、

「そもそも彼女の病気は過食が原因だろうが。だったら真っ先に食事の内容を改善するのが本当の姿ではないかね」

「まあ、それはそうだと思いますけど、先生があれほど詳しく食事の指導をしたのだから（実際のところＧ《じい》の食事指導は明快で、食べるべき食品と食べてはいけない食品をいくつも紙に書き記して、患者さんに渡している）、きっと彼女もそのことはわかっているはずでしょう?」

「おぬし剣道はうまいくせに、ちっとも人間の心理というものがわかっとらんな」

「……?」

「いいか、俺は食事の話はしたが運動の話はしていない。あれほど詳しく食事指導をした後にすぐ、彼女は運動をしてやせると言ったよな」

「ええ、確かに」

「いいか、その言葉に隠された本当の意味は『運動してやせるつもりなので、食事を変える必要はないでしょ』ということなのだぞ、だから最後の最後にそう言い残して出て行ったんだ、言わばアリバイ作りだよ」

「……」

「そこでこっちがそのまま黙っていたら、自分の言ったことを医者も認めたことになるだろう。

だからそれ（運動して痩せるという言葉）を、はっきりと否定しておかないといけない。そう思わんか？」

「そういうことだったのですか」

「人間の脳は常に刺激的なものをえこひいきするからな。一度甘いものを覚えてしまうと味覚も狂ってしまい、本当に身体のためになるものは物足りなく感じる。だから、よほどの決意がなければ今までの食事を改めることが難しいのだよ。食事の改善点を知識としては受け入れても、実際に好物をあきらめることは嫌なのだな。そこで、自分でも無意識のうちに運動の方に話をそらそうとする。その結果、食事は今までと何も変わらないという訳だ。それから賭けてもいいが、彼女はきっと運動もしないだろうよ、本当に運動するつもりならば、今までとっくに始めているだろうからな」

「それもそうですよね、私はやっぱり未熟者だわ」

私がちょっとがっかりしていると、G《じい》はなぐさめるように言った。

「まあそれは仕方がない。学生のうちからそんなことが解るとすれば、よほどの天性か根性がひねくれているかのどちらかだな。素直であることをさほど恥じる必要はないよ」

そして一言。

「運動してやせる、と言った患者が実際にやせたことはこれまで一度も見たことがない」

いのくまもん

「またいっぱい飲み食いしたのだろう？　去年の10月に採血したときより肝臓も膵臓も悪くなっているぞ。それに何じゃこの中性脂肪の値は、軽く１０００mg／dlを超えているじゃないか」

G《じい》が話している相手はがっしりした体格の猪熊さん、いかにも強そうな名前とは裏腹に、かわいらしい眼とぽっちゃりお腹のまるでゆるキャラっぽいおじさん（といっても39歳、見た目よりはずっと若い）だ。実際、由美さんからは「いのくまもん」とあだ名をつけられている。

しかし本当は、猪熊さんは柔道三段、剣道六段の猛者《もさ》、しかもバリバリのマル暴担当デカなのだ。剣道六段ともなると私なんか稽古で軽くあしらわれて、もし本気を出されたらあっという間にぼろ雑巾《ぞうきん》のようになってしまう、そういうレベル。

「いやあ、ここのところ付き合いが多くて、家を出るときは『今日こそあまり飲まないで早く帰ろう』と思うのですがね、結局はずっと付き合ってしまうのですわ」

「そして最後にラーメンで締める、そうだろう？」

「よくお見通しですね」

「わしも若い頃はよく食べたからな。一次会で食事をしても、二次会、三次会と続き、カラオケも歌って、街の中をあちこち歩き回っているうちにまた腹が減ってきて、そういうときのラーメンはおいしいんだよな」

「全くそのとおりですよ、やっぱり先生も私と一緒なんですね」

思わず意気投合して、すっごくうれしそうな猪熊さん。このままG《じい》と繁華街に繰り出しそうな勢いだが、

「あくまで若い頃の話だぞ。いい年になってからはやっとらん」

「いい年って、どれくらいなんですか？」

「ちょうど今のあんたくらいの頃だね。もう若くないのだから少しは考えんといかんぞ。今年はもう厄入りだろう」

「そう言えばそうですわ、厄払いもついこの間やってもらったばかりで、自分じゃあまだ体力もあるし若いつもりですがね。だんだん年を取って、そのうち老いぼれてモテなくなってしまうのですかね」

「なんだと、俺より20歳以上も若いくせして。それじゃあこの俺の立場はどうなるのじゃ？　老いぼれて女性からは相手にもされないあわれなジジイってことか？」

「いやいやそんなつもりじゃ。先生をジジイだなんて思ったことはありませんよ。いつもエネルギッシュで若々しいし、どうすれば先生みたいな年の取り方ができるのか、一度お聞きしたいと思っていたところです。これお世辞じゃありませんよ。ねえ、今度来たときにいろいろと教えていただけませんかね〜」

「そうか、それなら休み時間にでも来てもらおうか。ゆっくり時間がとれるからな、前もって電話してくれなきゃいかんよ」

「よろしくお願いしますよ、先生」

「まあ。とにかく身体を大事にせんといかんぞ。次回、もう一度検査してみるから、そのぽっちゃりした腹も少し引っ込めとくように頑張ってくれよな」

なんとも大人気なく口を尖らせたG《じい》だが、ヤーさんの扱いにも慣れている猪熊さんの対応にすっかり機嫌を良くしている。これじゃあどちらが20歳以上も年上だか、まるでアベコベだ。

「わかりました、まあ見ていて下さいよ。やるときゃあ、やりますから」

と言いながら猪熊さんが待合室に出て行くのを追いかけて、私も挨拶をした。

「猪熊先生、ご無沙汰しています。山谷有里です。私のこと、覚えていますか?」

「ごめんなさい、よく覚えていないのだけど、僕のことを先生と呼ぶのは剣道関係の人だよね」

「そうです、昨年、医学部の女子剣道部で主将をやっていたときに、ときどき道場におじゃまして稽古をつけていただいたことがあります」

「あっ、思い出した。稽古のときは面をはずした顔をじっくり見たことがなかったから、とっさに思い出せなかったけれど、君のことはよく覚えているよ。わざわざ道場まで出稽古に来た医学生さんはたった一人だったからね。それにしても白衣を着ているとまるで別人だな」

それを聞いていた由美さんが、

「猪熊（いのくまもんと言いかけた）さんてすごいのね、剣道の道場も持っているなんて」

「いや、自分の道場ではなくて、学生の頃からの恩師の先生が経営している道場ですよ。そこに時々お邪魔させていただいているという訳です」

「それじゃあアルバイトみたいなものなのね」

「いや、私は公務員だしアルバイトはしませんよ。それに師匠には未だとても及びません。だから月謝を払って教えを請いに行っています」

するると高子さんも、

「わあ〜、猪熊さんって立派だわ。世の中の警察官がみんな猪熊さんみたいならいいのにね」

「確かに不祥事のニュースが多くて残念ですがね、でも、ほとんどの警察官は真面目でいいやつばかりなんですよ」

由美さんが今度は私の方に、

「ねえ有里センセ、猪熊さんてどれくらい強いの？」

まったく子供みたいな質問だけど、

「それは一言では説明できないくらい強いんだから。猪熊さんがまっすぐ竹刀を私の方に向けて立っているだけで、こっちは何もできなくなって汗がタラタラ流れてくるのよ。気合いを入れて打ち込もうとしても私の竹刀は全然当たらなくて、あっという間に一本取られてしまうの。ずいぶん手加減してくれてそんな有様だから、もし本気になられたら……、たとえ男子部員でも足腰立たなくなっちゃうわね」

「有里センセだって剣道は三段でしょう？」

「そんなの比べる方が間違いだって」

私があわてて否定していると、

「いや、でも山谷さんは気合いが入っていて強かったですよ。ヘトヘトに疲れているはずなのに何度でも向かってくるからなあ。いつも根負けしてこちらからボツボツやめようと言いましたからね」

「それ、わかるわかる」

由美さんと高子さんが顔を見合わせて笑った。私ってそんなに気が強そうに見えるのだろうか。

「山谷さんならきっと、ここの先生みたいに真っ直ぐで信用できるお医者さんになりますよ。でも若い女医さん（本当はまだ学生です）だから、良からぬ奴に付きまとわれて困るようなことでもあれば、いつでも相談して下さい。私がきちんと始末しますからね」

猪熊さんはそう言いながら、待合室をぐるりと見回した。すると脚を大きく投げ出してふんぞり返っていた若者が、別人のように行儀良く座り直した。

「はい、ありがとうございます。でも猪熊さんも気をつけて下さいね、いくら強くても病気には勝てませんから」

そう言って診察室にもどる私の背後から明るい声が聞こえた。

「わかりました。今度はいい数値を出してみせますわ。それではまた」

運動でやせたけど

私が再び猪熊さんと会ったのはちょうど4週間後の夕方、前日に自ら志願して採血したとのことで、その結果を確認するために受診したらしい。

「遅い時間にどうもすみません。でも、ここは仕事帰りに寄ることができて、ホント助かりますわ。それで、どうでした？」

猪熊さんの顔は自信満々、この様子だと相当頑張ったのだろうな。

「ほら、このとおり」

一言だけ言ってG《じぃ》は検査結果の紙を渡した。

「えっ、ほとんど変わっていないじゃないですか。ちゃんと頑張ったのに、なんで？」

「昨日も自信がありそうにしていたが、そんなに頑張ったのかね？」

「そりゃあもう、週に3日は剣道の稽古をバッチリやって、しかも休みの日には走るようにして、こんなに運動したのは久しぶりですよ。ほら、見て下さい、腹もずいぶん引っ込んだでしょう」

確かに猪熊さんの体型は見違えるように締まっている。しかし私もチラッと見たところ、中性脂肪はほぼ基準値近くまで下がっているが、肝機能や膵臓のデータはあまり変わっていない。

「先生、ひょっとして私の肝臓や膵臓が悪いのは、生活習慣以外に何か原因があるんじゃないでしょうね？」

「他にとは、どんな原因だね？」

「いや、よく知らないんですが、ウイルスとか癌とか」

「それはちょっと考えにくいな。最初のときにB型肝炎やC型肝炎のチェックは行ったがどちらも陰性だったし、CTや超音波検査でも何度か検査しているが、脂肪肝以外には癌を疑うような所見もないからな。それに何と言っても、去年の春頃にアキレス腱を切って整形外科に入院していたときには、肝臓も膵臓も良くなっていただろう。そのときはきっと勝手に飲み食いできなかったはずだからな」

「確かにあのときは毎日病院食を食べていましたからね、入院中は腹も減りましたけど、おかげで5kg以上やせましたからね。でもその反動で、退院してからは快気《かいき》祝いと言いながら飲み食いしまくって、すぐに体重は元通りになっちゃいましたわ、ハハハ」

「そして検査の結果も悪くなったよな」

「そうでしたね、そう考えるとやっぱり生活習慣が原因なのかな？　でも、今度も5kgばかりは体重が減っていますよ。それなのにどうして前のときのように良くならないのですかね？　どうしても納得いかないなあ」

「そんなことはないぞ、ほら中性脂肪だけは減っているじゃあないか」

「でも、肝臓と膵臓が」

「ハハ〜ン！」

なんか意味不明の言葉をつぶやきながら、すべてが分かっている様子のG《じい》。困惑している猪熊さんから私の方へ視線を移し、

「わからんかな？」

「いや、私もわかりません」

するとG《じい》は猪熊さんにこのように言った。

「頑張って運動して、消費カロリーが摂取カロリーを上回ったということは確かなようだ。実際に体重は減っているし、中性脂肪の値も相当改善しているからな。それなのに肝臓や膵臓の数値が良くなっていないのは、たぶん食事の内容が今までと変わっていないからだな。そうだろう？」

「それは、そのとおりです。でも運動するとますます食欲が湧いてきますが、食べる量は増やさないようになるべく我慢しているのですからね。今回は気合いを入れて頑張ったので、自信があったのにな〜。もうこれ以上は無理ですわ」

「だからな、そもそも考え方が間違っているのだよ。血糖や中性脂肪の値は摂取カロリーと消費カロリーのバランスによって変化するけどな、どれだけ運動しても肝臓や膵臓などの内臓は、食べた分だけは働かなければいけないだろう、このことはわかるよな。だから食生活がそのままで

あるならば、内臓の負担もそのままで軽くなっているはずがない。そして検査値も変わらない。簡単な理屈だろうが」

「そう言われてみればそのとおりですね。俺、なんか勘違いをしていたようです。つまり、あまり無理して運動せずに、飲み食いの方をわきまえろ、と言うことですね、先生」

「そのとおり、1日の運動量に合わせて食べるのが正しい。1日の食事量に合わせて運動量を決めるのでは、アベコベだな」

「解りました！　今度こそ結果を出してみせますよ、期待していて下さい」

「うん、期待しているぞ。やると決めたらやり遂げる、男・猪熊だからな」

G《じい》の言葉に気を良くした猪熊さんは元気を取り戻し、

「じゃあ、また来るね」

と由美さんに声をかけ、張り切った様子で帰っていった。

筋肉は最高の暖房機

診察室に入って来たのは、30歳の女性、夕子さん。問診票の受診目的の欄には「冷え性」とだけ書いてある。確かに色白でやせており、見るからに冷え性の印象を受ける。

「あなたの冷え性はかなりひどいのかな？」

「はい、夏でも冷房の効いた部屋にいるとすぐに寒くなるし、冬の夜には毛布を重ねても、足先が冷えてよく眠れないのです」

「冷え性だと思い始めたのは、いつ頃からですか？」

「元々、寒さは苦手だったのですけれど、特に20代後半からひどく冷えるようになってきました」

「冷え性対策として何か取り組んでいるものはありますか？」

G《じい》のこの質問は意外だったのか、夕子さんはとまどった様子だったが、

「なるべくゆっくり入浴して身体を温めるようにしていますが、布団に入る頃にはもう冷えてきて」

「まさか電気毛布などを使ってはいないだろうね？」

「以前は使用することもありましたが、身体が乾燥してだるい感じがするので止めました。最近は、遠赤外線効果のある肌着と湯たんぽを使っています」

「それは結構。かなり効果があるでしょう？」

「ええ、でも夜中には湯たんぽも冷えてしまうし、手先や足先は冷たくなって目が覚めてしまいます。手袋や靴下は窮屈でリラックスできないので着けてませんから」

「なるほどね。いろいろ工夫はしているけれど、十分な効果はないという訳だね」

「そうです。何か良い薬はないかと思って受診しました」

「そうだな、ないこともないけどな。まあ、その前に本当にあなたが根っからの冷え性なのか試してみましょうか」

「えっ、どうするのですか?」

夕子さんが尋ねたが、私も思わず同じセリフを口にしそうになった。

「なに、簡単だよ。ちょっと、立ってみて。そう、そこから思い切って前屈してみて、手のひらが床に着くくらいに。なんだ、若いのに指先も届かないようだね」

「私、子供の頃から柔軟体操はきらいだったのですけど、こんなに固くなっているなんて気づきませんでした」

「そう? じゃあ大きく深呼吸して、もう一回やってみよう」

今度は最初のときよりも指が床に近づいたが、あとちょっとで届かなかった。相当がんばったのかゼーゼーと息をする夕子さんの顔は紅潮している。

「惜しかったね。もう一回いこう」

「えっ、もう一回ですか?」

そう言う夕子さんを尻目にG《じい》は、

「はい、大きく息を吸いこんで。吐きながら思い切って前に曲げる、膝はピンと伸ばしたままだぞ」

夕子さんは顔を真っ赤にしながら3回目の前屈をした。指先がプルプルと震えている。

「頑張って。もう少しで床に届くぞ」

「フーッ」と最後の一息で指が床に着いたところで「ハア〜」と大きく息を吸い込みながら元に戻った。彼女の顔は真っ赤になって、少し汗ばんでいる。

　G《じい》が一言「どう?」と聞くと、

「ハアー、もう息が切れて、ハアー、頭もボーッとしていますけど、繰り返すことで身体が少し柔らかくなってなんだか気持ち良く感じます」

「そうか、それは良かった。で、今、自分が冷え性だと実感できるかね?」

「いや、今はそれどころか、背中から指先までカッカと火照ったように感じます。これ、（冷えに）効きますね」

「背中や太ももの裏側、ふくらはぎなどの筋肉を大きく伸ばしたので、筋肉線維の摩擦によって、身体の中から熱が出たのだよ。たった3回でもすごく温まっただろう」

「はい」

「それじゃあもう一つ。今度はスクワットをやってみようか」

「スクワットですか、私はあまりやったことがないのですが、こんな感じですか?」

　夕子さんが両手を前後に軽く振りながら、膝が直角くらいに曲がるまで何度か腰を沈めて見せると、

「それだとあまり効果的とは言えないな。ちょっと手本を見せるから」

と言うや、G《じい》は両手を前に伸ばして、深々と腰を沈めた。

「いいかね、両方の踵《かかと》を床にしっかり付けて、つま先は軽く開く。そして息を吸いながらお尻が踵にくっつくくらいまでゆっくりとしゃがみ込み、息を吐きながら膝を伸ばして立ち上がるのだ。こうすると筋肉が大きく動くので、すぐに温まる」

そう言いながら、G《じい》は10回ばかりスクワットをやってみせた。

「わかりました、こうですね！」

夕子さんがさっそく真似しようとすると、

「そのハイヒールだと不安定で、ちょっと危ないな」

私もそう思っていたので、すかさずクリニックのスリッパを差し出した。

「おう、なかなか気が利くな、それじゃあ、やってみようか」

「ハイ」

元気よく返事をして、しゃがみ込んだ夕子さんだったが、一回目で顔色が変わり、10回目には音を上げた。

「ハアハア、アイタタ。これは意外ときついし、スネもビリビリ……。ツリそうです」

目の前で白髪だらけのジイさんが軽々とスクワットをやってみせたので、きっと楽にできると思い込んでいたようだ。

「こりゃあいかんな。まだ若いのに年寄りみたいに身体が固くて、筋力も相当弱っているようだ」

「たしかに私は運動嫌いで、筋肉を動かして身体を温めたことなんてありませんでした。本当は思っていたほどのひどい冷え性ではないのかもしれませんね。さっそく今日から『冷えたな』と感じたら筋肉を動かすようにします。でも、勤務中に急に立ち上がって前屈やスクワットをしたら、なんだか変わった人と思われそうで、やっぱり勇気が要りますね」

「そんなときには、椅子に座ったまま膝を交互に伸ばすだけでもいい。さっき前屈やスクワットをしたときには、太腿や下腿の筋肉が伸びただろう。大きな筋肉を何回か伸ばせば必ず温まるから、ともかくやってみなさい」

「わかりました。これを繰り返していれば睡眠中の冷えもよくなりますか?」

「そうだな〜、今のままでは難しいかな。これからは週に2〜3回はきちんと運動して、もっと筋肉量を増やさないといけないね。ウォーキングのような軽い運動よりもランニングなど、強めの運動で大きく筋肉を動かす方がいい。最初は疲れるかも知れないが、あなたは若いからすぐに体力がつくだろう」

「はい、頑張ってやります」

「それからね、毎日ゆっくりと入浴することが大切だな。シャワーだけで済ませてはいかんよ、必ず湯船につかりなさい。そして、身体が十分温まったら、最後はシャワーをお湯から水に切り替えて、思い切って頭からかぶるといい」

「えっ、それはちょっと自信がないです。冷たい水をかぶったら、ショックで倒れてしまいそうな気がします」

「まあ、まずは運動で身体が丈夫になったと感じた頃から始めた方が無難かもしれないね。だけど、一度冷たい水で皮膚を引き締めると、逆に身体は芯から熱を出そうと反応するので、湯冷めもしないし、床についても冷えにくくなるものだ。お湯で温まってからすぐ寝てしまうと、最初だけホカホカするかもしれないけれど、その後は体表から熱を放散してしまうのでかえって冷えやすくなるのだよ」

「そうなのですね、私は今までそうしていました。今日はいろいろと教えていただいてありがとうございました。また、困ったときには相談に来てもいいですか？」

「私ももっと教えたいこともあるから、いつでも暇なときにどうぞ。できれば午後からの方がゆっくり時間をとることができるけどね。今度は、毎日食べたり飲んだりしたものをすべて書き出してきてもらえるかな、冷えは食事とも関係があるのでね」

　G《じい》は、すっかり夕子さんのことを気に入ったようだ。誤解のないように付け加えれば、彼女が若くてきれいな女性だからという訳ではない。素直に話を聞いて、前向きに取り組もうとする人のことは、老若男女を問わずみんな好きなのだ。そして、いろいろと世話を焼きたくなるG《じい》なのです。

約1時間後――

「こらっ、何をしとるんじゃ」

「いやちょっと、休み時間にスクワットを」

「そりゃあ、見ればわかるが、なんだもうやめるのか？」

「これ、やっぱり結構きついですね。フー」

「で、何回やった？」

「ちょうど30回です」

「フフン」

「あれっ、今ちょっとバカにされたような感じですけど、本当はもっとできるんですよ。先生が話しかけるから途中で止めただけですから」

「そりゃあ、そうだろう。バリバリの若い体育会系女子が、還暦を過ぎたジジイ相手に及ばないはずはないからな。邪魔して悪かったな、遠慮せず続きをやりなさい」

そう言われては、私にも元剣道部主将としての意地がある。「あっ」と驚かせてやるわ！（それにしてもG《じい》は本当のところ、何回くらいやっているのだろうか？）

しかし、限界は意外と早く訪れた。仕切り直しから59回（合計89回）やったところで、臀部《でんぶ》と大腿の筋肉が疲労して、とうとう尻餅をついてしまった。

「あいたたた、たたた」

「ちょっと、有里さん、大丈夫？」

トミ子さんが心配そうに声をかけてくれた、が、顔は笑っている。

「へへへ、１００回はいけると思ったのですがね」

「有里センセ、顔が汗まみれよ。ほら、これで拭いたら」

由美さんがタオルを渡してくれた。

そしてG《じい》も、

「いったい何を考えているのじゃ、初日から限界までやる奴があるか」

「つい夢中になって。１００回やって驚かそうと思っていたのに、ちょっとなめていました」

「で、何回やった？」（回数にこだわるG《じい》）

「たった59回、中断前を合わせても89回です」

「なんだと」

そうつぶやくなりG《じい》は（院長室のある）２階に上がって行った。そして15分程して再び降りて来ると、少し汗ばんだドヤ顔でこう言った。

「そうか59回だったか、まあ最初にしては良くやった方だな」

きっと自分の部屋でスクワットをしていたに違いない。たぶん、普段は50回以下で止めていたのだろうけど、私がそれ以上やったものだから、さすがに89回以上ということはないでしょうけど、60回くらいはやったのかもね。

「あの〜、それで今何回やったのですか？」（やっぱり私も回数にこだわる）

「なんだ、気になるのか？　年寄りを相手にムキにならんでもいいだろうに」

「そうかもしれませんが、好奇心が」

「しょうがないな〜。１回目が50回、２回目が60回、合わせて１１０回じゃ、普段は50回までで止めているけどな」

やはり私の思ったとおり60回だった。しかも、その前に50回やっていたのだから、私の完敗だ！

年甲斐もなく負けず嫌いのG《じい》をちょっと心配したのだが、翌日に筋肉痛で歩くのも大変だったのは私の方だった。年寄りは若者よりも遅れて筋肉痛になると聞いていたので、その次の日に期待していたのだが、G《じい》は相変わらず平気な様子でこう言った。

「なんだ、まだ痛いのか？　いきなり限界まで筋肉を使うとこうなることはわかっているだろうが。わしは普段からいろいろやっているから多少回数を増やしたところで、どうということはないけどな。国試の勉強ばかりで、少し身体がなまっているのじゃあないのか？」

体育会系女子の面目丸つぶれ、何も言い返せない私でした。

医学生「有里」の解説

冷え性は持って生まれた体質によるものだとあきらめている方が多いのではないでしょうか。確かに体質には個人差があり、子供の頃から暑がりの人もいれば、寒がりの人もいます。しかし、一人一人の生活習慣が多様化している現代社会においては、冷え性を本来の体質と決めつけることは、決して正確とは言えないようです。

これは、もう一度受診した夕子さんにG《じい》が教えていたことですが、冷えの要因は運動不足だけではなく、食生活の影響も大きいそうです。普段なにげなく食べている食品の中にも、身体を温める食材と冷やす食材があり、原則として寒いところで育つものや冬季に収穫されるものは身体を温め、熱帯地方で育つものや夏場に採れる食材は身体を冷やす効果があるようです。

代表的なところを挙げると、

身体を温める食材としては、唐辛子や胡椒《コショウ》、ニンニク、シナモン、ネギ、タマネギ、ニラ、ショウガ、松の実、梅、リンゴ、牛肉、羊肉、ブリ、マグロ、サバ、イワシ、玄米、餅米などがあり、

身体を冷やす食材としては、スイカやウリ、メロン、グレープフルーツ、キウイ、ナシ、ナス、ゴボウ、キュウリ、トマト、ニガウリ、麦茶などがあります。

リンゴ以外のほとんどの果物は身体を冷やすのですね。

それからアルコール類でも、日本酒や蒸留酒は身体を温めますが、ビールは身体を冷やすようです。

自分は冷え性だと思っている方は、まず毎日の食事を見直し、そして筋肉を大きく動かしてみてください。ひょっとしたら、本当は冷え性ではないのかもしれませんよ。

Ⅱ

国試合格！

医師国家試験合格者の発表が正式にあった。勉強の甲斐があって無事合格、私もついに医師となった。これからは自分自身で診療行為を行うことも、死亡診断することもできるのだ（学生の頃に受け持ち患者さんの死に直面したが、主治医の到着まで何もできずにただ待ち続けたことがある）。そして一方、医学生の頃とは比べものにならないほどの大きな責任を担うことにもなる。うれしさを感じながらも、身の引き締まる思いがした。

とは言っても、医師免許を得たとはいえ何の経験もない医者に、自分一人で患者さんを診療する能力などあるはずはない。だから通常、卒業後の2年間は大学病院などの教育病院において研修医として勤務し、いろんな診療科を持ち回り交替《ローテート》しながら実務教育を受ける。この研修期間の終了後に、本格的に専門科を選ぶのが普通だ。

私は出身大学の附属病院で研修することにした。都会の有名病院に行きたい気持ちもあったが、やっぱり地元で働きたいという気持ち、そしてこれからもG《じい》のクリニックに通いたいという気持ちの方が勝《まさ》った。研修医の給料は安いので、週に一日は他所の病院（いわゆるバイト先）で勤務することが許されている。私はG《じい》のクリニックで働くつもりでいた。

大学病院では研修中の専門科ごとに最新の医学を学ぶことができるが、第一線の診療をたくさん経験するにはG《じい》のクリニックが最適だと考えたので。もちろん気心の知れたスタッフの皆さんと過ごす楽しい時間も、大きな要素となったのは事実だ。

祝福

「有里センセ、国家試験合格おめでとう」

「由美さん、有里さんはもう、れっきとしたドクターなのよ。だからセンセではなく先生と言わなきゃダメでしょ」

「そうよ、トミ子さんの言うとおりよ。それにしても落っこちるなんて思ってもいなかったけど、ちょっとは心配していたのよ。本当におめでとう」

「何言っているんですか高子さん、私は心配なんか全くしていなかったわ。有里センセーだって、きっと自信たっぷりだったはずよ」

「まあ、自己採点ではかなり余裕がありましたけど、昨年は書き間違いで落ちた先輩もいたので、無事合格してやっぱりホッとしています。いろいろ心配していただいて、どうもありがとうございます」

「そうそう、有里先生にお祝いを用意していたのよ。はい、これは先生と私たちからのプレゼント」

トミ子さんが手渡してくれたのは、アレン・マーク10という高価な聴診器、G《じい》が使っているのと同じものだ。平均的な聴診器に比べると重厚に作られていて、呼吸や心臓の音がはっきりと大きく聞こえてくる。

「うわ〜、実はずっと欲しかったんです。だけどこれ、ずいぶん高かったでしょう?」

「まあそれなりの値段はしたけどね、私たちは少しずつで、残りは先生が出してくれたから」

「本当にありがとうございます。今日から大事に使わせていただきます。でも、私にはまだ分不相応で、ちょっと生意気な感じですよね」

これは私の正直な気持ちだ。すると高子さんが、

「そんなことはないって。プロは道具にこだわらなければいけないって先生も言っているし、決して『弘法筆を択《えら》ばず』ではないそうよ。それにバッチリ似合っているじゃあないですか。有里先生はすらっとして姿勢もいいから、まるでドラマに出てくるデキる女医って感じでね」

いやいや、それは褒め過ぎだって。私が照れ笑いしていると、G《じい》が姿を見せた。

「よう、合格おめでとう。どうだ、あの聴診器は気に入っただろう」

「はい、宝の持ち腐《ぐさ》れにならないように頑張ります」

「えらく気合いが入っているじゃないか。あまり張り切りすぎると途中で息切れしてしまうぞ。まあ若いうちは多少無理をしてもすぐに回復するだろうけどな。しかし、忙しさに追われて生活が乱れるとロクなことにならん。心身ともに疲れ果て、極端な場合は過労死を招くこともあるか

らな、よく気をつけるんだぞ」

「そうですよね。たしか2年前になりますけど、派遣先の病院に勤務していた先生が突然死したという話を聞いたことがあります」

「どんなに忙しくてもきちんと3食食べて、少しでも時間があれば筋肉を動かしなさい。特に朝食は大事だぞ。パンとコーヒーなどでごまかさず、ご飯とおかずをきちんと食べるようにな。アルコールは控えなきゃいかんぞ。栄養のバランスを崩さず、筋肉が固まらないように注意していれば、心が固まることもないし、死ぬ気で頑張っても大丈夫だ。滅多なことでは死なないからな」

「はい、気をつけます」

「それからな、医師として成長する時期はちょうど遊びたい盛りと重なるものだ。『仕事一筋では人間味がない』とか口にする輩《やから》がいるかもしれないが、専門職はスポーツ選手と同じだぞ。誘惑に打ち勝ち、努力した者こそ能力を伸ばすことができる。人とのつながりや気配りは大切だが、意識の低い連中に付き合って時間を無駄にせんことだ」

「はい、よく解っているつもりです」

さっきまでお祝い気分だったのが、いつの間にか説教されているような雰囲気になったところに、トミ子さんが一言。

「先生は有里先生のことになるとすぐに口やかましくなって、よっぽど心配なのですね」

「そりゃあそうだ。何と言っても一番弟子だぞ。それに俺の若い頃によく似ているし」

それは今初めて聞いた！　ということは、私も年を取るとG《じい》のようになるのかな？　頑固で口やかましい年増の女医はちょっと勘弁だな。

「その顔はなんだ？　なんだかちっともうれしくなさそうじゃないか。師匠に似ているのがそんなに迷惑なのか？」

「いやそんなことはないですって」

「本当か？　でも、ずるい奴や卑怯《ひきょう》者や根性なしはきらいだろうが。だったら似た者同士じゃないか。何も顔がそっくりとは言っとらんぞ」

それはそうだけど、根性なしはともかく卑怯者を好きな人はいないでしょう。

「まあいいや、ところでこれからも週に一日はここに来れるらしいな。予定がはっきりしたら連絡してもらおうか。こっちはいつでもＯＫだからな」

「はい、なるべく早く連絡します」

「報酬はこれから決めるが、希望があれば今言ってくれ」

「いや、まだ何もできないので。今までと一緒でいいです」

「そんな訳にはいかん。もう医師の資格があるのだから、学生の頃と一緒ということはあり得ないだろう。お金のことは言いにくいものだが、社会人になったのだから、労働条件をはっきり交渉できなきゃいかんぞ。まあ、知っている仲だと言いにくいのもあるわな。いいや、こっちで相場を調べておくから」

「よろしくお願いします。でもあまりもらうとプレッシャーを感じるので、本当に少しでいいです」

「なんだ、気が小さいなあ。それとも遠慮しているのか?」

「いや、そういう訳ではないけど、これまでもいろいろとお世話になっているし、本当に十分だと思って」

これは私の本心だった。筆記用具やレポート用紙などの文房具は買わなくても間に合ったし、次々といろんな教材をクリニックで購入しては、無期限で貸し出してくれた。患者さんがくれた果物やお菓子もたくさん分けてもらったし、食事はいつも用意されていた。それから(自分では絶対に食べない)特上寿司やステーキなどもたびたび食べさせてもらった。時々は怖いけれど面倒見のいいG《じい》と、親切で気さくなスタッフの皆さんは、もう私にとっては家族のような感じになっている。

「有里センセーって、本当に欲がないのね。私ならもらえるだけもらっちゃうのにね」

と由美さんが言うや否や、G《じい》から雷が落ちた。

「コラッ、由美ちゃんにも給料はたくさんやっとるじゃないか。ウソだと思うなら、一度他所《よそ》で働いて待遇を比べてみるか?」

「いやいやそれはごめんです」

由美さんは高卒後すぐにG《じい》のクリニックで働き始めたので、今でも「ちゃん」付けで呼ばれている。そのためか、まるで親から言われた小言のようにG《じい》の雷も受け流している。そして楽しそうに、

「それよりも、そろそろお茶にしない？　ちょうど休み時間になるし、合格祝いのケーキも買ってきたのよ。先生もご一緒にどうぞ。そうだわ、せっかくだから先生の部屋でお祝いしたいわ、ねえ、いいでしょう？　先生」

「いいだろう、まったく由美ちゃんにはかなわんな」

受付には呼び出しのコールを置いて、みんなで二階に上がって行った。もちろん先頭はケーキを抱えた由美さん、G《じい》よりも先を堂々と進んでいる。

G《じい》の院長室に入るのは初めてだった。そこには無垢《むく》の木で作られた特注の机や本棚、おしゃれな応接セットなどがあった。壁一面を占める特製の本棚には、医学書や健康図書の他にもいろんな本がある。中でも目立つのが歴史小説、特に信長を扱ったものは多い。そしてアガサ・クリスティは全作品がそろっている。それから服装や紳士の作法についての本も多い。

「一人前の医者になるためには、医学的な知識だけでなく人の本性というものを理解する術《すべ》を会得しなければいけない」といつも私に説いている、G《じい》の成り立ちを少し垣間《かいま》見ることができたような気がした。

車の時間

「それは危ないからこれを使うといい」

昼休みに突然G《じい》から言われたのは、私の車のこと。

学生の頃は大学前のバス停からG《じい》のクリニックまでバスで通っていたのだが、研修医となればば患者さんの容態によっては急いで戻らなければならなくなる。そこで先週、中古の軽自動車を18万円で購入していたのだ。

学生時代に普通免許は取得したもののペーパードライバーだったので、暇をみて大学の周りで何度か車を走らせてはいたが、今朝はちょっとビビりながらここまで乗ってきた。なにせ通勤の時間帯なので、どの車も殺気立ったようにスピードを出している。その流れに乗って走らせようとしても、私の軽は思うように加速せず、すぐに苦しそうなエンジン音を上げ、ハンドルが小刻みに振動するようになる。大型トラックに猛スピードで追い越されたときには、風圧でハンドルを取られそうになった。

それでもバスを使うよりは早い時間に無事着いたのだが、この分では帰りも相当な覚悟が必要だな、ひょっとしてライトも暗いのではないだろうか。さすがにもう少しお金をかけるべきだったかも、などと思っているところに、駐車場でトミ子さんに出くわした。

「おはようございます」

「おはようございます。えっ、有里先生、ひょっとしてこの車を運転して来たの？　大丈夫だった？」

「まだ慣れないので、ちょっと怖かったけど」

「いや、慣れの問題ではないでしょ、ハンドルとかブレーキとか大丈夫だった？」

そこに現れた由美さん。

「有里センセー、この車もらったの？　でも、早く自分で買った方が身のためよ。ほら、ここは塗装が剥げて錆が出ているわ。それにタイヤも摩《す》れているし。ねえ、高子さん早く来てこれ見てよ」

「どうしたの」

「ほら、この車だけど」

「ええ〜、また無断駐車なの？　それにしてもずいぶん傷んでいそうね、盗難車の乗り捨てかしら」

「そうじゃなくて、有里センセーの車！」

「あら、それは失礼。でも有里先生、これじゃあ危ないわよ」

そう言って高子さんは私の車をまるで整備士のように、隅々までチェックし始めた。

「タイヤもこれだけ摩耗《まもう》していると、スリップやパンクの危険が高いのよ。（車をユッサユッサと揺さぶりながら）サスペンションもユルユルね、カーブではフラフラ傾いたでしょ。それにここ、塗装が剥《は》げて錆《さび》になっているけど、よく見るとこの車は何度か塗装し直しているわ、ひょっとしたら小傷や錆がまだ隠れているかもしれないわね。（ボンネットを開けて）ファンベルトも劣化している……。なんか変な音しなかった？　キュルキュルとかカラカラとか？」

「あーっ、その音だったのですね！　確かに変な音がしていました」

「ちょっと車検証も見せてもらっていいかしら。どれ、有里先生までに何人ものオーナーがいたようね。型式も古いけど、それでもワンオーナーで車庫管理されている中古車はきちんと整備されていて、あまり傷んでいないものだけど、これじゃあちょっと危ないわね。本当に早く買い替えた方がいいわよ、私が一緒に見てあげるから」

「ありがとうございます。それにしても高子さんって車のことにすごく詳しいのですね」

「フフフ、実はうちの旦那が整備士なの。それに私って元々車好きなのよね、独身の頃は給料を全部つぎ込んで、フェアレディZに乗っていたこともあるのよ」

「わあ、すごい」

「有里先生、これからいろいろ頑張らなきゃいけないんだから、せめて運転しているときくらいはストレスから解放される、そんな車に乗らなきゃだめよ」

そんな話題で盛り上がった（？）日の昼休みに、G《じい》から「これを使うように」と言われて車のキーを渡されたのは、きれいなブルーのワゴン車。

「これはクリニックの院長車として購入した車だ。たとえ非常勤でも正式なここ（クリニック）の職員なのだからこれで通勤しなさい。通勤手当としてガソリンはクリニックのキャッシュカードを使ってくれ。私用に使う分は自分で入れるようにな」

「えっ、いいんですか？　こんな上等の車、私まだ下手だから傷つけるかも知れませんよ」

「まあ誰でも何度かはぶつけながら上手くなるものだ。だけど人身事故だけは起こさないように気を付けないといけないぞ」

予想外の幸運に、私がなんだか夢心地になっていると、高子さんもやってきた。

「これ、先生が乗っているスバル・レヴォーグでしょう、たしか１６００ccターボの方ですよね」

「そうそう、あまり速くない方だ。しかし、安全性は充実しているからな」

「あの、スバルと言えばアイサイトで有名な……」

「そうよ、自動ブレーキや自動追跡、車線はみ出し防止など、スバルはいち早く運転支援システムに力を入れていて、研究チームの熱意が生み出したのがアイサイトって訳。ほとんどのメーカーは単眼カメラで位置を確認して、レーダーで前の車との距離を計る仕組みだけれど、アイサイトの場合は複眼レンズ、つまり私たちドライバーの眼と同じように、車の位置やスピード、距離感がわかるのよ。たぶんこのレヴォーグは時速50㎞くらいまでならば、ぶつからないように自動ブレーキが効くはずよ。ですよね、先生？」

「どうだったかな、まだ40㎞だったような気もするが、どっちにしてもスバルは安全性が高いし、運転しやすい。カーブなんかも安定しているし、嫌な挙動がない。それにアメリカの衝突実験でも評価が最高だからな、とにかくいい車だ」

「そうそう、スバルは水平対向エンジンなので重心も低くて安定しているし、万が一正面から衝突しても、エンジンが運転席の下に潜り込んで運転席に飛び込まないようになっているのよ。この構造は、あのボルボでもできないのだから」

普段はどちらかと言えばもの静かな高子さんが、車のことになると人が変わる。さすがの由美さんもずっと黙って聞いていたが、

「わあ～よかったわね、有里センセ。ちょっとうらやましいけど、これで私たちも一安心だわ」

「そのとおりよ。ついこの間も、夜勤明けの看護師が帰宅途中で小学生を跳ねてしまったでしょう、ちょうど有里先生と同じくらいの若い人だったわよね。不注意だったのかもしれないけれど、きっと寝不足で疲れていたのでしょうからね。事故を起こした方もかわいそうに、一生責任が付きまとうからね。先生も心配しているのよ。有里さんのことだから、徹夜で働いた後でもやって来るだろうから」

いつの間にかそばにいたトミ子さんがそう言うと、G《じい》も、

「まあ、そう言うことだから、帰りはこれに乗って帰るようにな。そうだ、今のうちに運転して慣れておくといい。高子さん、悪いがちょっと教えてやってくれないか」

「わかりました。じゃあ有里先生、最初は助手席に乗ってね。あっそうだ、免許証を取って来て。先生、休み時間を超過しますがいいですか？　由美ちゃん、それじゃあ後よろしく」

「大丈夫だ、気をつけてゆっくり……」

と、G《じい》が答えたときには高子さんはもう走り出していた。

「じゃあ、これから高速に乗って二つ目のインターで降りて、ちょっと峠の方まで行ってみましょうか。帰りは有里先生が運転してね」

高子さんが運転しながら、速度設定やらレーンキープなどの操作を教えてくれた。

「最初からいろいろ使う必要はないけど、後は説明書を読んで覚えてね。それよりもまずは、車両感覚に慣れることが先ね。この車は本当に気持ち良く走るから、まるで運転がうまくなったように感じるけど、あまり無茶してはダメですよ。まあ、眼が回るようなスピードは出ないけどね」

高子さんはそう言いながらも、高速では何台もの車をあっさり追い越し、峠道でもスイスイと楽しそうにハンドルを切り続けた。

「大丈夫よ、安全運転で走っているから」

涼しい顔の高子さんだが、私はハンドルを持った高子さんの豹変ぶりにちょっと固まってしまった。

「ねえ、ボツボツ戻らないとまずいのじゃあないですかね、高子さん」

「まだ大丈夫でしょう、何かあったらきっと電話がかかってくるわ」

ちょうどそのとき、電話の呼び出し音とともにモニター画面にクリニックの番号が表示された。

「もしもし、高子ですけど」

「由美で～す。先生がね、何か美味しいものでも買って帰るようにって。グローブボックスの中に財布が入っているそうです。ちなみに私はアイスクリームかな、ハーゲンダッツの季節限定で……」

「わかりました。でもまだしばらくかかるわよ」

「わあ、便利ですね」

「帰ったら有里先生のスマホと連動するように設定してあげるわね。そうだ、あそこの展望台のところで折り返しましょう」

展望台の駐車場で車から降りると、目の前には雲一つない空と太平洋がどこまでも広がっていた。

「はい、私のおごり。ここいいでしょ？」

高子さんからもらった缶コーヒーを飲みながら、私も、

「気持ちいいですね、本当にいい気持ち。高子さん、どうもありがとう」

「有里先生は真面目で責任感も強いから、医者になってますますストレスも多くなるわね。でも、時々は気晴らしもしないといけないわよ、ちょっとの時間でもいいから」

「そうですよね、気をつけます」

「そうだ、ここで写真とってあげる」

高子さんはそう言うと、海がきれいに背景におさまるように車を移動させた。そして運転席ドアの横に颯爽《さっそう》と立ち、腰に手を当てて、

「有里先生、こんな感じでここに立ってみて」

「えっ、ちょっとはずかしいな。それに白衣着たままですよ」

「それがまたいいのよ。青の中に白が映えて。はい、チーズ。ちょっと固いわね。もう一枚、もっと笑って、よし、今度はいいわ。後で画像を送っとくね。それじゃあ、ボツボツ帰りましょうか」

「はい、でも私、本当に運転へたですよ」

「最初から上手い人はいないのだから、安心して。それよりも大事なことは、運転を好きになることよ。さあ、気楽にいきましょ」

「じゃあ、出発します。わあ！」

アクセルを踏み込むと、レヴォーグは私の想定を超えた加速で走り出し、思わずブレーキを踏んだ。

「すみません、あ〜、ビックリした」

「あの軽自動車とは違うのだから、いきなりアクセルを強く踏むとそれなりに加速するわよ。ま

あ、落ち着いてもう一度」

最初はどうなるかと思ったが、5分もすると感覚が慣れてきた。確かに車の剛性が高く足回りもしっかりしている。ハンドルを切ったとおりに車が動き、なんだかとても気持ち良く走る。高子さんの言っていたことをそのまま体感できた。

「わあ、この車いいです。私って本当に恵まれていますよね。おととしの夏に貧血で受診してから、ずっといいことばかり」

「それは有里先生がそのようになるように行動しているからよ。真っ直ぐで一生懸命で、お人好しなところもあるし。だから先生も自分の弟子だと思っているし、私たちだってまるで家族のように付き合えるからね、有里先生とは」

「そうですか？　でも、あのとき別のところに受診していたら、やっぱりこんな感じではなかったはずですよ。私は運が良かったのだと思います。この運が逃げないようにしなければ。高子さん、何か気になることがあったら遠慮せずに忠告してくださいね、お願いします」

「まかせといて。でも、その前に先生から雷が落ちるかもね」

「それもそうですね、へへへ」

「そうだ、音楽でも聞きながら帰らない？　確か先生のアルバムが録音されているのよ、昭和の歌とか。これなんて特にお気に入りみたい、先生のイメージからはほど遠いけどね、聞いてみる」

高子さんが選択したのは、太田裕美のアルバム。父が好きだったので、私も子供の頃にはよく聞いた。

「私の父も先生と同世代で、太田裕美を聴くと青春時代が蘇るとよく言っていました。私は自分が子供の頃を思い出しますけどね。優しくてきれいな声ですよね、青い空にもピッタリで」

「そうねえ、私も昭和の歌はけっこう好きだわ。最近の若者にもカラオケで歌われているそうね」

「私が聞いてもなんだか落ち着くのですよね。だってこの頃の歌には自分の感情だけでなく、その背景にある季節や風景も描写されているじゃあないですか。空間がいろんな人の心を受け入れて時間がそれを癒してくれるような、そんな自然な感じがいいですよね」

「へえ、そんなこと考えたこともなかったけど、だから飽きないのかもね。それにしても、太田裕美を聞いて青春時代を思い出している先生を想像すると、ちょっと楽しいわ」

「へへへ、ホントですね」

高子さんのおかげで無事クリニックに帰り着くと、午後からの患者さんがちょうど一段落したところだった。

「先生、今帰りました」

「高子さん、どうもお疲れさま。どうだね、腕前は」

「大丈夫ですよ、けっこう運転センスいいですから、それによく似合っていますよ、ほら、このとおり」

高子さんが展望台で撮った写真をG《じい》に見せた。

「ハハハ、なんかちょっと笑えるけど、ちょうど『初心忘るべからず』という意味で、なかなかいいじゃないか、医師としてもドライバーとしても。これ、プリントしてやってくれ。それじゃあ今日から好きなように乗っていいからな。はい、これはスペアキーとクレジットカード、ガソリンを入れるときに使いなさい。それから保険はクリニックで入っているし、特に何の手続きもいらんだろう。ときどきは洗車もするようにな、駐車場の水道を使っていいから」

「どうもありがとうございます。でもちょっと気になるのですが」

「なんだ?」

「先生はどうするのですか? レヴォーグを私が使ったら、先生が乗る車がなくなるのでは。それから、私が乗ってきたあの軽はどうすればいいのかな、と思って」

「ああ、それなら心配はいらん。もうすぐやって来るから」

何のことだかよくわからずにキョトンとしている私に、由美さんがカラープリントした写真を持ってきてくれた。

「まるで車のカタログみたいよ、有里センセー」

「うわっ、これ私? めちゃくちゃ恥ずかしいじゃないですか」

「どれどれ、なんだ、けっこうかっこいいじゃないか。これラミネートして、どこか貼っておきなさい」

「わかりました、待合室がいいですかね」

「ちょっと由美さん、頼みますからやめて下さいよ。お願いですから」

「そんなに言うならやめようかな。でも、何か忘れているでしょう、有里センセー」

「あっそうか、アイスクリームのことをすっかり忘れていた。ごめんなさい」

「ええ～っ、そんなあ。運転に夢中になって忘れてしまったのね」

「いや、ちゃんと買ってきましたから。車の中から出し忘れただけです。すぐ取って来ますね」

私が慌てて出て行こうとすると、高子さんが、

「もう私が取って来ましたよ。はい、由美ちゃんどうぞ、好きなのを先に選んでいいからね」

「う～ん、迷う～」

こんなときの由美さんは真剣そのものだ。


数名の患者さんの診察が終わり、午後の休み時間となったちょうどそのとき、一台の大きな白いベンツが駐車場に入ってきて、黒いスーツを着たオールバックの恰幅のいい男性が降りて来た。ちょっとヤバそうな雰囲気に私は思わず身構えたが、

「おう、来た来た！」

G《じい》はうれしそうに外に出て行き、私に手招きをした。

「おう、どうもすまんね」

「まったく先生にはかないませんわ。急に言われたのであまり時間がなかったけど、しっかり整備してピカピカに磨いておきましたよ」

「いやあ、社長が乗っている車なら間違いないだろうと思って、ダメ元で頼んだのに、よくウンと言ってくれたな」

「そんなことないでしょう先生、絶対にウンと言うと思っていたでしょうが」

「ウン、社長のことだからな。信じとったよ」

「他から頼まれても断りますが、先生にはいろいろとお世話になりましたからね。早速乗ってみますか」

「どれどれ、ちょっと操作を教えてくれんか、国産車とはちょっと違うだろうね」

「先生、左ハンドルは初めてですか？　ウインカーはハンドルの左側になりますからね、右側にあるのはトランスミッションの切り替えレバーですから、間違えないでくださいよ、それからこれが……」

「大体わかったから、ちょっと乗ってみるか。すまんがちょっと隣に乗っていてくれないかな」

「いいですよ、でも気をつけて下さい。400馬力以上ありますからね、アクセルを思い切り踏み込むと、ドンと加速しますからね」

なんだか、さっきの高子さんと私のような感じ。

「じゃあ出発だ、（私に）ちょっと後ろに座ってわしの携帯を持っていてくれ。クリニックから電話がかかってきたら出てくれよな」

そう言うと、G《じい》はゆっくりと車を発進した。

「いやあ、やっぱりいいな、本当に静かでスムーズだ。大きさの割には小回りも利くし、車両感覚もわかりやすい」

私も後部座席で、まるでお金持ちの令嬢になった気分。ベンツに乗ったのも初めてだし、今日は本当にラッキーだ。でも、こんな大きい外車を運転するのは絶対無理だ。

「いいか、俺は今、二通りの新しい脳を使っている。一つは車両感覚、この車は今までに乗ったどの車よりも大きく、しかも左ハンドルだがもう慣れて来た。それからもう一つは、国産車と違う操作系への対応、これは理解力。さっきは一度ウインカーを出すときに間違えそうになったが、今度は自然に手が動いた。どうだ、この適応力。要するにまだ脳が若いということだ」

G《じい》は得意げに私に語っていたが、社長さんに注意された。

「先生、けっこうスピード出ていますよ」

「本当だ、あんまりアクセルを踏んでいないので、こんなに出ているとは思わなかった。気を付けんといかんな、どれボチボチ戻ろう」

クリニックに戻るとみんな出てきて、もの珍しそうに取り囲んだ。

「社長、どうもありがとう。ついでと言ってはなんだが、この軽自動車を見積もって引き取ってもらえないかね」

「わかりました。ちょっと見てみましょう。車検証も見せてもらえますか」

社長さんはしばらくあちこち見ていたが、

「こりゃあいけません、残念ですが値の付けようがありませんよ。鉄クズですわ」

「ええっ、買ったばかりなのに、これでもまだ走るんですよ」

私は必死に訴えたが、

「でも、こんなの危なくてもう誰にも売れませんよ。一体いくらで買ったのですか?」

「18万円です。確かに安いので大丈夫かな、とは思ったのですけど」

「いや、うちの店には18万円でもずっと状態のいい車が何台もありますよ。どこで買ったのですか」

「××カーセンターという店です」

「ああ、あそこね。私たちの間では有名ですよ、もちろん悪い意味でね。車のことなんかロクに知りもせずにやっている、儲け主義の店ですから。整備だっていいかげんだし、それならなおさら、これに乗るのは命がけですよ、ガタガタ揺れて変な音もしたでしょうが」

「おっしゃるとおりです。それにしてもひどいなあ」

「まあ、お医者さんにも儲け主義のヤブ医者がいるのと同じですよ。今後はあの店とは関わらないことですね、お友達にも教えてやって下さい」

するとG《じい》が、

「社長、少しでも何とかならんか。そのうち（私が）ベンツを買うかもしれんぞ」

「わかりました。これからのお付き合いもあるから、私が3万円で買い取りましょう。これでも出血大サービスですよ、整備や塗装などで費用をかけてもせいぜい7～8万円くらいで売るのが関の山なので。それじゃあ後で書類を持ってきますから」

「わあ、ありがとうございます」

私は15万円の損をしたが、それでもちょっとうれしかった。

「それから、これ私の名刺です。誰か車を買う人がいたら紹介して下さい」

名詞に書いてある名前を見て、私は思わず噴き出しそうになった。だって『芳賀晶《あきら》』なんて、社長さんのイメージと全然違うから……。

「どれ、ちょっと怖いけど、そこまでだからこれに乗って帰るとするかな」

体格のいい社長さんがよいしょと乗り込むと、小さな車がグッと沈み込み、悲鳴のようなエンジン音を上げて走り出した。その姿を見ると、つかの間の付き合いだった軽自動車がかわいそうになったが、それでも鉄クズにならずに済んで良かったとも思った。

「胃が痛い」に御用心！

今日から私も、G《じい》のクリニックで診療することになった。まずは新患《しんかん》に限ってのことだ。大学病院では、研修中の私はもっぱら病棟で入院患者さんを受け持ち、まだ外来を担当する機会はない。あえて言えば当直の時に急患を診るときくらいだ。だから気持ちが高ぶってドキドキしているのが自分でもわかる。

最初に診た3名はいずれも発熱や咳などの感冒《かんぼう》症状を訴えていたが、3人目の女子高校生は季節外れのインフルエンザA型だった。リレンザという抗インフルエンザ薬を処方し、安静や水分の補給、異常行動が出現する可能性があることへの注意、薬品の使用法や副作用について、そして発症から5日間および解熱から2日間は登校できないことなどを、本人とお母さんに（自分としては）かなり丁寧に説明して帰したところで、少し落ち着いた気持ちになった。

4人目は胃カメラ希望の65歳男性、馬場さん。急に胃が痛くなったそうだ。

「いつから痛いのですか？」

「早朝の4時頃から、みぞおちのあたりが急に痛くなって目が覚めました」

「今までにもこんなことがあったのですか？」

「これまでも3回ほど十二指腸潰瘍《かいよう》になったことがありますが、今度はもっと上の方が痛いです」

「吐き気はありますか？」

「最初にちょっと気分が悪くなりましたけど、今はなんだか嫌な痛みだけです」

馬場さんはそう答えると、

「でも、できれば今日のうちに胃カメラ（「上部消化管内視鏡検査」が正確な言い方）をしてもらえませんか、明日からまた仕事があって、しばらくは来ることができないので」

と希望を伝えてきた。

私が勤務している大学病院では、吐血《とけつ》など緊急の場合以外は内視鏡検査は原則として予約制であるが、G《じい》のクリニックではいつでも検査ができる。と言っても私に内視鏡ができるはずもないので、G《じい》の意向を確かめなければいけない。

「あの〜、胃内視鏡検査を希望している患者さんがいるのですけれど、できれば今からやってもらいたいそうですが、どうしましょうか？」

「今日は他に内視鏡の予定もないし、ちょっと待ってくれればできるだろうけどな。その前に一度診ておこう、患者さんは今どこにいる？」

G《じい》は私が使っている診察室に入ってきて、馬場さんにお腹を出してベッドに寝るように言った。

「どのあたりが痛むのですか？」

「このあたりです」

と馬場さんがみぞおちの上の方を指すと、そこをG《じい》は指先で軽く押しながら、

「押されると痛みが強くなりますか？」と聞いた。

「いや、そんなに変わりません」

するとG《じい》はもっと強めに押しながら、

「どうです？　押さえたところの痛みが強くなったり、ムカッとすることもないですか？」と再び尋ねた。

「そうですね、そんなにムカッとはしませんが」

「たしか、早朝に突然痛くなって目が覚めたのですよね」

「そうです、それまでは眠っていたのですが、急にみぞおちが痛くなって、今は少し落ち着きましたが、その時はなんだか気分も悪くて起きてしまいました」

「それからはずっと痛みが続いているのですね」

「はい、なんとなく嫌な痛みが残っています」

「周期的に強くなったり弱くなったりしますか？」

「いや、そんなことはありません。ずっとジワッと続く、ちょっと苦しい感じの不快な痛みです」

するとG《じい》は、

「これは胃の痛みじゃなく、心臓の痛みの可能性がありますね。まず心電図から検査しましょ

う」

と馬場さんに説明しながら、私の方を見た。

そうだった！　心臓の下部は（横隔膜《おうかくまく》を挟んではいるものの）胃の上部にほぼ接しており、心筋梗塞の中でも下壁梗塞《かへきこうそく》の場合には、まるで胃が痛くなったように感じることがあるのだ。特に高齢の男性が、突然にみぞおちの痛みを訴えたときには、かなり疑わしい。こんなこと、国家試験の常識として覚えていたのに。

患者さんの心電図ができあがった。

「どうだね、所見は？」

「下壁梗塞のように思われますが」

「そうだな、怪しいな」

とG《じい》は言い、馬場さんをベッドに休ませるように指示した。そして、

「不整脈もないし、血圧も落ち着いているし、ちょっと採血して確かめる時間はあるだろう」

と言って、私に検査項目を選ばせた。G《じい》のクリニック内ですぐにできる項目として、血算、GOT、GPT、LDH、CK・MBなどを選ぶと、

「それでいい。10分くらいでわかるだろう。その間、どうしておく」

「念のため、ニトロ製剤を使用した方がいいと思います」

患者さんにニトロペンという速効性の薬を口の中で溶かすように指導した。

「これを舌の下で溶かして下さい。飲み込んじゃだめですよ」

「わかりました」

馬場さんはしばらくニトロを舐めていたが、少し顔色が良くなった。

「なんだか楽になったように感じます」

10分程で検査の結果が分かった。

「ほれ、どうだ」

心筋酵素であるCK‐MBが上昇している。

「やっぱり心筋梗塞だったのですね、あのまま内視鏡をしていたら大変なことになったかもしれませんね……」

「そうだな、特にブスコパンを注射したら危なかったな」

「本当にすみません」

「まあ最初からいい勉強になったじゃないか。さて、患者さんをすぐに搬送しなければいけないな。すぐに手配してもらおうかな、紹介状も用意してくれ。それから消防署にも連絡だ。全部自分でやるんだぞ」

「はい、すぐにやります」

私は救命救急外来に心筋梗塞患者の受け入れを依頼し、すぐさま消防署に電話を入れた。これが私にとって、人生初めての１１９番通報だった。消防署の職員からは、まず通報の目的を尋ねられた。

「Tクリニック（G《じい》のクリニック）から大学附属病院へ、心筋梗塞の搬送です。搬送先のドクターには、もう承諾を得ています」

（答えた後で〝心筋梗塞〟ではなく、〝心筋梗塞の患者〟と言わなければいけなかったと後悔した）

「患者さんの状態を教えて下さい」

「患者は65歳の男性、発症は5時間ほど前、意識はしっかりしており、血圧などのバイタルサインも落ち着いています」

「わかりました、すぐに救急車を向かわせます。失礼ですが先生のお名前は？　それから救急車に同乗できますか？」

「私は、山谷有里。私が同乗して行きます」と答えながらG《じい》の顔をちらっと見ると、G《じい》は大きくうなずいた。

トミ子さんがすばやく血管確保、ニトロ製剤貼付、酸素吸入などの処置をやってくれている間に、私は急いで紹介状を用意。ちょうど書き上げたところに救急車が到着した。3名の救急隊員は、慣れた様子で患者さんを搬送用のストレッチャーに移し、速やかに車内に運んだ。私もあわてて乗り込んだが、搬送中に患者さんが急変したらどうしよう、と思うと不安になった。

と、その時、

「私も一緒に付いていくわ！」とトミ子さんが横に座って、

「先生、この人（患者さんのこと）は大丈夫よ、心配いらないって。ねえ、馬場さん」

と言いながらニコッと笑った。

「そのとおりですよ。先生のおかげで痛みもずいぶん楽になったし、大丈夫ですって！」

トミ子さんばかりか、患者さんにまで励まされるなんて、私はそんなに情けない顔をしているのだろうか？　これじゃあ立場が全く逆だわ。でも初めての体験に気が張り詰めているのは間違いない。

「それじゃあ、出発します」

一刻も早く循環器の専門医に患者さんを引き継ぎたい私の心中を察したかのように、救急車はサイレンを鳴らしながら次々と前の車を追い越して行く。この分では思ったよりも早く到着しそうだ。それでも、もし今、患者さんの様子が急変したらどうしようという不安はぬぐえなかった。不整脈が起こったら、胸痛がひどくなったら、私はきちんと対応できるだろうか？　と考えていたら、

「救急車は結構揺れるでしょう。気分は悪くありませんか」

と若い救急隊員が尋ねてきた。

「大丈夫ですよ、車酔いなんて一度もしたことないんだから」

と馬場さんが答えると、今度は私の顔をのぞきながら、

「先生も大丈夫ですか？」

やっぱり今の私って、きっと顔色がよくないのだろうな。正直、緊張しっぱなしだから。でもその緊張感のおかげで、車酔いは全然感じない
「私も大丈夫です。でもほんと、思っていたよりも揺れますね」

「そうなんですよ、この救急車もかなり古いので……。新しいのが欲しいのは山々なんですけど、なにぶん予算がないそうで。私たちは我慢できますけど、患者さんが気の毒だと思いますね、さて、あと10分ほどで着きますよ」

ありがたいことに、馬場さんの状態はすこぶる安定している。

どうかこのまま無事着きますように、と神頼みしている自分が不甲斐なく、なるべく早い時期に救命救急科で研修しなければいけないという思いが込み上げて来た。

救急車が無事到着した。救命救急センターの入り口で、数名のスタッフとともに循環器のドクターが迎えてくれた。事の次第を私が申し送ると、

「いや〜ぁ君、なかなかやるじゃないか。胃カメラ希望の患者が、実は心筋梗塞だと見破るなんてすごいじゃん！　まだ成り立てホヤホヤの医者なのに、たいしたものだよ」

循環器専門のドクターが私に声をかけてくれた。

すると、ストレッチャーで運ばれて行く馬場さんが、ここぞとばかりに、

「そうなんですよ、胃カメラを受けるつもりで受診したんですが、私の様子がおかしいことに気

付いたこの女医さんが、すぐに院長先生に報告してくれたんです。そして胃カメラではなくて心電図をとったという次第でして、本当に命の恩人ですよ」

大きな声を出したので、

「興奮して大きな声を出すと心臓に負担になるので静かにして下さいね」

看護師から注意された。

私はうれしいよりも恥ずかしい気持ちで一杯だった。G《じい》が一緒に診てくれなければ、自分自身では気づかなかったことは間違いない。そのことを正直に告白したかったが、

「搬送先のドクターには『痛みの発症や症状から、心筋梗塞も有り得ると考えて先に心電図をとりました』と言うのだぞ。あくまで自分の判断だとしておきなさい」

と、G《じい》に強く口止めされていたので、「いや、ほんのまぐれです」と答えた。

さて当然のことだけど、大学病院からTクリニックまでの道のりを救急車に乗って帰る訳にはいかないので、病院玄関に待機しているタクシーにトミ子さんと乗りこんだ。

それじゃあ、タクシーの料金は誰が負担するのかという話だが、とりあえずクリニックで立て替え、領収書をとっておくとのこと。たいていの場合は、患者さんや家族の人があとで支払いに来てくれるそうだ。危ないところを救ってもらったのだから、それが普通の感覚だと思うが、中には退院してからも患者さんから何の音沙汰もないことや、運悪く亡くなった患者さんに身寄りがないこともあるようで、そのときは大変な思いをしたあげく赤字になるが、なによりもあきら

めが肝心だそうだ。

タクシーの中でトミ子さんが小さなクーラーボックスを抱えているのが気になって、

「それ、何が入っているのですか？」

「ほら、備えあれば憂いなしと言うでしょ」

箱の中にはモルヒネや不整脈の薬、そしてその使用量が書かれた紙が入っていた。

「はあ～、これ使わなくて済んでラッキーだった」

「本当に良かったわね、有里先生。でもすぐに次がありますからね、頑張って下さいね」

そうだ、いつも運がいいとは限らない。次に備えて対処法をまとめ、イメージトレーニングをしておかなければいけない。

クリニックに戻るとG《じい》が、言った。

「どうもお疲れさま。どうだね、救急車に乗った感想は」

「それが、緊張してあまりよく覚えていません。でも、トミ子さんがいてくれたので心強かったです。それにしても、救急車ってあんなに乗り心地が悪いとは知りませんでした」

「そうか、しかし今日は近距離だったからな、まだ楽な方だぞ。山道ではもっと大変だから、車酔いしないように鍛えておかないといかんぞ。これからは救急搬送も日常茶飯事になるからな」

「わかりました。でも、どのように鍛えれば車酔いしないのかよくわからないのですが」

と私が尋ねると、答えは一言。

「そんなものは気合いだ」

それからG《じい》は、厳しい顔でこう言った。

「それはさておき、心窩部《しんか》（みぞおちのあたり）の痛みには用心しなければいかんぞ。その中には狭心症や心筋梗塞、心筋炎などの危険な疾患が紛れ込んでいるからな。まずは心電図からだ、真っ先に内視鏡検査を行うのは愚の骨頂だと覚えておくのだぞ」

「はい」

翌日――

研修医に用意されている医局で私が食事をしていると、年配ながらピシッと背筋が伸びた長身のドクターが、

「山谷先生はいますか？」

と大きな声を上げながら部屋に入ってきたのだ。それは救急部の最高責任者である今中先生だった。今中先生はときどきテレビにも出演している有名な救命救急医で、若いドクターの教育にも熱心だった。私も指導を受けたかったのだが、なにしろ希望者が多く、まだチャンスがなかったのだ。その今中先生が私に何の用だろうか、ひょっとして気がつかないうちに何か粗相でもしたのかな？　とちょっとビクビクしながら応えた。

「私が山谷です。何か御用でしょうか？」

「いやあ、君が山谷君か。胃の内視鏡検査を希望した患者さんが心筋梗塞だったことに、よく気がついたね。医者に成り立てなのにたいしたものだ」

なんと、今中先生からお褒めの言葉をいただいた。

私はすっかり恐縮してしまい、ごまかしながらG《じい》の言いつけを守った。

「いえ、国試の練習問題に同じような症例がありましたので、たまたま運が良かっただけです」

「いや、国家試験の知識として覚えていても、実際の診療で活かすことは難しいものだよ。半年程前のことだが、ある病院でこのような症例があった。30代の男性が風邪症状の後にやはりみぞおちの辺りを痛がって夜間に受診したのだが、このとき当直だった研修医がブスコパンを注射すると、その直後に患者さんが苦悶《くもん》し始めた。研修医は何が起こったのかわからずにオタオタしていたそうだが、君には解るよね？」

まさか今中先生からも質問されるとは、ついているのかいないのか。でも、これを外すとせっかくの高評価が落ちるだろうなと思いながら、

「ひょっとしてその患者さんは心筋炎だったのではないかと。ブスコパンの投与によって心拍が速くなったので、急に苦しくなったと思うのですけど」

「そのとおりだよ。やっぱり君はよくできるじゃあないか」

「いや、昨日からの流れで解ったようなものです。ところで、その患者さんはどうなったのでしょうか？」

「幸い循環器のドクターのおかげで大事に至らなかったが、まさに危機一髪だったそうだ。本来は研修医が単独で治療に当たることはないのだが、報告を受けた指導医が自分では診察せずに、ブスコパンを使用するように電話で指示したと聞いている。そうだとすれば研修医はちょっと気の毒なところもあるけどね。自分自身で患者を診ることを少しでもサボったら、たとえベテランの医者でも判断を誤ることになるからね、面倒くさいという気持ちは大敵だ。

そして経験の少ない研修医の間には、自分のブレーンとなってくれるようなドクターをたくさん見つけて、なにかと指導を仰ぐことが大切だ。その点、あのTクリニックを外勤先に選ぶなんて、目の付け所もいいよ。君はなかなか見所がある。早く救命救急科にやって来なさい。僕がしっかり教えてあげるから」

そう熱く語ったかと思うと、今中先生は医局からサッと出て行ってしまった。

「はい、よろしくお願いします」

と私がお辞儀し終えたときには、後ろ姿も見えなかった。

ドクター有里の解説

急性心筋梗塞は心臓を栄養する血管である冠動脈の閉塞《へいそく》によって発症する、死亡率の高い怖い疾患です。

冠動脈の狭窄《きょうさく》や攣縮《れんしゅく》によって一時的に心筋虚血を起こすものの再び血流が回復し、数分間で胸痛や苦悶がおさまる場合は狭心症の状態ですが、心筋梗塞では冠動脈が完全に閉塞しているので、時間とともに心筋が壊死《えし》に至り、心臓は血液をうまく送り出すことができなくなります。安静でも20分以上持続する強烈な前胸部痛や苦悶、冷や汗、吐き気などが出現したときには、急性心筋梗塞の可能性がきわめて高いので、迷うことなくすぐに救急隊に連絡しなければいけません。そして助かりたかったら、循環器専門医のいる病院に一刻も早く到着することです。自力で動いて普段からのかかりつけに飛び込むような真似は、とても危険で時間の無駄にもなってしまいます。とにかく素早く連絡して、その場を動かずに安静にして救急車を待つことが最善の対処法です。

また、今回の馬場さんもそうでしたが、胸痛ではなく腹痛が出現したために消化器の病気だと考える患者さんもいます。冠動脈は大動脈の起始部から、右冠動脈と左冠動脈が分岐し、左冠動脈はすぐに左前下行枝と左回旋枝に分岐します。この3本の冠動脈からさらに分岐した血管を流れて心筋に血液が送られていますので、どの冠動脈がどの部位で閉塞したのかによって、ダメージを受ける心筋の領域が決まります。ですから、痛みの箇所も心電図所見も症例ごとに異なる訳です。その中でも心臓下壁の梗塞では上腹部痛を訴えることが多く、心電図でもその変化がわかりにくいときがあります。また、心筋梗塞の痛みは背中の方に放散することや、高齢者や糖尿病の患者さんでは痛みを全く自覚しないことさえあるのです。そのような事例を見落とさないように、私はもっと精進しなければいけません。

ところで、ブスコパンという注射薬が登場しますが、この薬剤は抗コリン作用によって消化管の運動や胃液分泌を抑制するため、内視鏡検査の前処置や胃痙攣の痛みなどによく使用されています。一方反作用として、心悸亢進《しんきこうしん》や排尿障害、眼調節障害、口渇などが起こりますので、狭心症や不整脈、前立腺肥大、緑内障、唾液腺疾患などがある場合には、使用禁忌とされています。もし馬場さんの希望通り内視鏡検査を行い、その前処置にブスコパンを注射していたら、と思うたびに冷や汗がドッと出てきます。なお、ブスコパンというのは商品名で一般名はブチルスコポラミン臭化物という薬品です。医療の現場では、化学構造を表す長ったらしい一般名よりも、特徴的で短い商品名を使用することが慣例です。

ジンマシンの取説《とりせつ》

診察室に入って来たのは、29歳の女性。彼女にはなんとなく見覚えがあったが、カルテを見てはっきりと思い出した。名前は香織さん、2年程前（私がまだ学生だった頃）に初めてG《じい》のクリニックを受診している。そのときの主訴（受診する理由となる主たる自覚症状のこと）は「ジンマシンが治らない」というものだった。これまでいくつかの皮膚科やアレルギー専門の医療機関を受診したが、原因は特定できずに困り果てていた。ここに来たのは、香織さんのお父さん（以前

G《じい》のおかげで命拾いをしたらしい）の勧めによるものだった。

そのときには、G《じい》と香織さんの間でこんな風なやりとりがあった。

「ジンマシンが治らないそうだけど、ずっと出たまま消えないのかな？　それとも出たり消えたりを繰り返すのかな？」

「出たままということではなくて、すぐ消えることもあるのですけど、いつのまにかまた身体のあちこちが赤く盛り上がってきて痒くなってしまうのです。もらった抗アレルギー剤もあまり効き目がなくて、飲んでいてもジンマシンが出ることもあります」

「それで原因となることは何も思いつかないのだね？」

「はい。自分自身では特に思いつくことがなくて。食べ物かなと思い、皮膚科の病院でアレルギーの検査もやってもらったのですが、特に原因となるものはないと言われました」

香織さんはこれまでの検査データを差し出した。

「なるほどね、いろいろ調べてあるな。内科では膠原病《こうげんびょう》関係の検査もしているし、これ以上検査する必要はないようだね」

「えっ、でもそれじゃあ困ります。原因が判らないということは、ずっとこのまま治らないということですよね」

「そういうことではない。検査する必要はないと言ったが、治らないとは言っていないはずだがね」

「それじゃあ、どうすればいいですか？」

「その前に、ジンマシンはなぜ出たり消えたりするのか解るかね？　ほら、虫さされや湿疹の場合はちがうよね、ずっと同じ部位にあってしばらくは消えないでしょう」

「たしかにそうですけど、よくわかりません」

「それはね、ジンマシンは皮膚に出現するけれど、皮膚そのものが悪いのではないということだ。何らかの事情によって毛細血管の透過性が亢進し、そこから血液が浸出して皮膚が盛り上がる状態がジンマシンの正体なのだよ。つまりジンマシンは、血液の中にあるなんらかの有害なものを体外に排出しようとする生体反応と考えることもできるのだよ」

「そうなのですか。ということは、私の血液の中には毒素みたいなものがたくさんあって、それを皮膚から排出しようとしている訳ですか？」

「まあそんなところだと考えておけば間違いないだろう」

「私は今まで、てっきりジンマシンはアレルギーが原因だと思っていましたけど、そうではなかったのですね」

「いや、アレルギーはやはり大きな要素の一つだね。アレルギーというのは、アレルゲン、つまりその個体にとって有害と認識された物質を排除しようとするものだから、花粉症のように粘膜にアレルゲンが接触すれば、涙や鼻水が出るし、金属アレルギーのように皮膚に直接接触すれば、接触した形状に皮膚炎が起こる。そして血液に取り込まれてしまうとジンマシンとなって現れる」

「でも、わたしの場合はアレルゲンが見つからなかった訳ですよね。と言うことは、何か別に有害なものが血液にあるということなのですね。それはいったい何なのですか?」

「ストレスによってもジンマシンが起こることは知っているかね」

「はい、聞いた事はあります」

「ストレスによって過剰に生じる活性酸素は毒素の一種だけど、これも血液の中にたまってくるよね」

「でも私にはあまりストレスは思い当たらないのですけれど」

「それから暴飲暴食などで肝臓や膵臓などの内臓が弱っていると、いわゆる解毒力が低下してくるので、やはり血液が汚れてジンマシンが出ることもある。お菓子や加工食品ばかり食べていても同じだね。特に急に太ってきたときには要注意だ」

「あっ、それは思い当たります」

「運動はどうだね? 週に三日程は汗を流しているかね」

「いや、運動はあまり好きじゃあないので」

「では入浴は? 毎日湯船にゆっくり浸かっているかね、それともシャワーで済ませているのかな」

「シャワーです。一人暮らしなので、浴槽にお湯を溜めるのがなんだかもったいなくて」

「だいたい思ったとおりだな。最近はアレルゲンがはっきりしているジンマシンよりも、いくつかの要素が合わさって起こるジンマシンの方が多くなっているのだよね。あなたの場合もそうだが、これは生活習慣を変えなければ良くならないね」

「それで薬もあまり効かなかったのですね。でも、太らないように食事をきちんとして、運動や入浴で汗を流して、血液がきれいになればジンマシンも出なくなるのですよね」

「そのとおりだ。あなたのように飲み込みが早いとこっちも助かるよ。あとは実行あるのみだ、どれ要点を書いてあげるから頑張り続けるのだよ」

そう言うとG《じい》は可愛いネコのイラストが書いてある便箋と万年筆を取り出して、サラサラと次のように書き留めた。

血液をきれいにする習慣
血液がきれいになるものを食べること
和食が基本。梅干しや生大根、酢や味噌などは消化を助けて血液をきれいにする。
サラダオイルは使わない、加工食品、お菓子や甘いものは食べない。
きれいな真水をたくさん、時々お茶を飲む。アルコール類、缶コーヒーなどは避ける。
ジンマシンがひどいときは、お粥と梅干しだけのプチ断食をすると効果的。
血液の中の汚いものを外に出すこと

運動や入浴で汗を流す。
深呼吸をして、呼気からの排出を高める。
きちんと水を飲み、十分に尿量を保つ。
食物繊維をたくさん摂り、運動をして便通を良くする。
身体の汚れが排泄される四つの経路（便、尿、汗、呼気）を滞らせないこと。

その香織さんがまたクリニックにやって来たので、ひょっとしてまたジンマシンがひどくなったのかと心配したのだが、私の思い違いだった。実は、正看護師の資格を取得した彼女は、整形外科の病院に就職が決まり、健康診断の目的で受診したのだった。

「先生、あのときはお世話になりました。先生の言いつけをしっかり守っていたら、いつの間にかジンマシンも全く出なくなりました」

「そうか、それを聞いて私もうれしいよ。それにしても、あの頃は看護学校に通っていたのだから、やっぱりストレスも多かっただろうに」

「そうなのですけど、その頃は自分でストレスを認めると負けてしまいそうで、きっとそれで否定していたのでしょうね。今では自分に素直になろうと思っています。それに、もしまたジンマシンが出るようなことがあっても、それは自分自身への気付きと受け取ることと考えています」

「そうだな、あそこ（香織さんが就職する病院）も忙しいようだから、常にストレスはあるだろうけど、とにかく生活習慣を大切にして頑張るようにね」

「私はそのうち先生のところで働けるとうれしいですけど、チャンスがあったらよろしくお願いします」

「それは光栄だがね、最初は大きな病院でいろんな体験をしておくといいと思うな」

「はい、頑張ってみます。でも困ったことがあったらまた顔を出しますよ。それから、他のところでは良くならない患者さんがいたら、先生のところを紹介しますのでよろしくお願いします」

「それはうれしいけれど、ちょっと褒められ過ぎだ。私はあなたが思っているほどたいした医者ではないから、どうかお手柔らかに」

柄にもなく謙遜しながら、G《じい》は上機嫌で答えた。

脳ではない

突然受付の方が慌ただしくなり、大きな声がした。

「すみません、急患をお願いします！」と二人の男性が、一人の老人をかかえながらTクリニックに入ってきた。

「いったいどうしたのですか?」と尋ねる高子さんに、

「それが畑で急に意識を失ってバタッと倒れてしまって、これまでも何度か同じようなことがあったのですが」

老人はすでに気がついているらしく、慌てた様子の二人に、

「もう大丈夫だといっているじゃろうが、そんなに心配せんでもいいよ」

「大丈夫なはずはないでしょうが。完全に気を失っていたんだから、ちゃんと診てもらった方がいいって」

若い男性が言うと、

「前のときにも脳外科の病院で検査してもらったが、脳には異常はなかったぞ。たしか一過性の脳なんとか発作だろうと言われたわ。疲れやストレスが原因になるらしい。自分ではそう思わなかったが、ちょっと無理したのかもしれないのう。わしももう年だな」

と少し恥ずかしそうに老人は答えた。

「まあとにかく安静にしてくださいと」

私は患者さんをベッドに休ませて診察した。

「お名前と年齢を教えて下さい」

「畑中安夫、75歳。倒れたのも畑の中ですがね、ヘッヘッヘッ」

なんともひょうきんなじいさまだが、意識がしっかりしていて言葉もはっきりと話せるのがよく解った。手足の動きも全く問題ない。本人が言っているようにやはり一過性の意識消失発作のようだ。さてどうしようかな、と考えているところにG《じい》が現れた。

「どうだね」

「一過性の意識消失のようです。今は意識もしっかりして麻痺《まひ》もないようですけど」

「バイタルは？」

「血圧は82／70、元々低いそうです。脈拍は48回とちょっと少ないのですが、不整はないようです。心電図はまだとっていませんが……」

「以前にも同じような事があったらしいな」

「そのようです。ねえ畑中さん、たしか一過性脳虚血《きょけつ》発作（ＴＩＡ）と診断されたのですよね」

「そうそう思い出した。その一過性脳キョケツ発作って病気でまちがいありません」

「やっぱり神経内科の方に紹介して、入院させてもらった方がいいでしょうか。ＴＩＡだとしたら最低24時間は目を離さない方がいいですよね。それに脳梗塞になるリスクも高いし」

Ｇ《じい》はまるで私の言葉など聞こえていないかのようにしばらく黙っていた。そして畑中さんにいくつか質問し始めた。

「畑中さん、あなたに一過性脳虚血発作と診断したのはどこの病院ですか」

「それは安藤脳外科という病院です。昔からある脳外科の病院ですが、最近は息子さんも医者になって帰ってきて、ずいぶん立派な病院になりました」

「それで、その若先生が診てくれたのですか」

「いや、私が受診したのはちょうど日曜日だったので、そのときは当直に来ていた別の先生が診てくれたんですよ。結局一日だけの入院で帰宅しましたが、退院の前には若先生も顔を出してくれました。そして『CTやMRIを見直したけれど、やはり異常はなかった』と言われました」

「そうですか。ところでその病院に入院したときには、手足や口の動きが悪くなったり、視野が狭くなったりしましたか」

「いやそんなことはないです。庭仕事をしているうちに少し疲れて頭もボーッとした感じになって、目の前が真っ暗になって、いつの間にか倒れていたようです。自分じゃわからないけれど、見ていた人は1~2分くらいして気がついたと言っていました」

「それは今日も同じなのですね」

「そうです」

「ひょっとして、坂道を歩いたり重いものを持ち上げたりすると、息切れをするようになっていませんか」

「そう言われてみると、最近では少し働いただけでゼーゼーと息が切れてしまいますね。さっきも芋の入った袋を運んでいるときにちょっと苦しくなったと思ったら、その後すぐにバタッと倒れちゃいましたからね」

「なるほどね、ちょっといいですか」

G《じい》は畑中さんの胸を聴診しながら、私に目で合図した。私もすかさず自分の聴診器を当ててみた。すると前胸部やや右寄りのところから首の方にかけて、心臓の雑音がはっきりと聴こえる。

「息切れ、失神、そして胸骨右縁から頸部に放散《ほうさん》する収縮期心雑音《しんざつおん》。これだけ所見がそろえば、なんだか解るよな?」

「これは大動脈弁狭窄症《きょうさくしょう》が最も疑われますね。一過性脳虚血発作ではなかったのですね」

患者さんの話を鵜呑みにしていた私は、『失神の原因を鑑別する』ことへの思考が停止してしまっていたのだ。意識と脳はセットのようなもので、失神の原因は脳の病気と考えがちだが、実際には弁膜症や不整脈などの心疾患や大動脈解離、自律神経失調などによって、脳への血流が低下するために起こることの方が多い。

畑中さんの場合も、運動麻痺やめまい、視力障害などの神経症状は認めず、短時間の意識消失があっただけだ。落ち着いて考えれば、一過性脳虚血発作ではなさそうだということが解る。

心電図や心臓超音波検査でも、大動脈弁狭窄症《きょうさくしょう》を示唆する所見が認められたので、失神の原因は脳ではなく心臓の弁に問題があったことを説明し、心臓血管外科に連絡をとった。

「畑中さん、これから心臓血管外科の先生が診てくれるそうです。ここに紹介状がありますから、このまますぐに大学病院を受診して下さい。(付き添いの男性に向かって)一緒に行っていただけますか?(大丈夫ですとの答えに)よろしくお願いします。駐車場からはちょっと距離がありますから、先に玄関口で降ろしてあげて下さいね。畑中さん、一度家に帰ったりしないで、必ずこのまま直行して下さいね。向こうの先生は待っているのですからね」

「はい、ガッテン承知です。それにしても心臓が悪かったとはね。そういえば時々胸が苦しくなったこともありましたわ。やっぱり手術になるのですか？　いくらなんでも、向こうに着いたらいきなりバッサリってことはないですよね」

「専門の先生がいろいろと検査をした上で、今後の治療方針を決められるはずです。手術になる可能性は高いでしょうけど、その前に十分な説明がありますし、いきなりという心配はありませんよ。それにこのまま放っておくのはとても危険だし、手術によって心臓の働きが良くなれば、今までよりもずっと楽になって失神することもなくなるはずですよ」

「そうですか、それじゃあさっそく行ってきますわ。どうもお世話になりました。ここに飛び込んで良かったですわ」

「頑張って下さいね」

　畑中さんを励まして送り出そうとすると、高子さんがあわてて、

「ちょっと待ってください。すみませんが支払いがまだ終わっていないので……」

「こりゃまた失礼。お金も払わずに引き上げるなんて、やっぱり脳も悪いのかもしれませんよ、ヘッヘッヘッ」

　いや、たぶん悪いのは私。きっと畑中さんを急《せ》かしたせいでしょう。それを裏付けるように由美さんが一言。

「有里センセー、急いでいても関所《せきしょ》を通すのを忘れないでね」

「どうもスンマセン」

正しく診断することができなかった上に、請求漏れまで誘発するなんて……。

ドクター有里の解説

皆さんも「突然、意識がなくなった」と聞けば、真っ先に脳の病気を思い浮かべるのではないでしょうか？　しかし、重症の脳炎や髄膜炎では次第に意識が低下して昏睡状態になりますが、突然ということはありません。発症直後から昏睡状態になるとすれば、脳出血や脳梗塞が挙げられますが、短時間で意識が正常に戻ることはないのです。

さて「一過性脳虚血《きょけつ》発作」（英語に訳すと transient ischemic attack、略してＴＩＡ）という病名ですが、いかにも一時的に脳への血流が悪くなってしばらく失神するものの、再び血流が回復して意識が正常に戻るイメージがありますので、脳虚血の原因を深く考察することなく（割合といいかげんに）ＴＩＡと診断されていることもあるようです。

しかし本当はきちんと定義されており、不整脈や心臓弁膜症、起立や排泄に伴う血圧低下などによる全脳虚血の場合は除外されているのです。それでも乱発されやすいのは（脳疾患に詳しくなくても）ほとんどの医師に、簡潔でインパクトのあるＴＩＡという病名が知られていることに一因があるかもしれません。

ＴＩＡとは、単一の脳血管（左右の頸動脈、椎骨《ついこつ》脳底動脈のいずれか）の血流低下によって局所的な脳虚血が起こり、脳梗塞によく似た症状を一時的に示しながらも結局は脳梗塞に至らず、24時間以内に後遺症を残さずに元に戻る病態のことです。ですから、視神経や網膜、大脳半球の前方（前頭葉、頭頂葉、側頭葉前方）を支配する内頸動脈領域の虚血では、半身の運動障害や感覚障害、一眼の一時的失明、失語などが起こり、脳幹部や小脳、視床や視床下部、大脳の後方（側頭葉下面、後頭葉内側、下面）を支配する椎骨脳底動脈の虚血では、一側あるいは両側半身の運動障害や感覚障害、一側あるいは両側の視野障害、平衡障害、回転性めまいなどが出現します。

なおCTやMRIなどの検査に異常所見が描出されなくも、発症直後のTIAを脳梗塞と見分けることは困難です。TIAを示唆する症状があれば原則として患者さんを入院させ、血液の流れが良くなるように十分な点滴を行い、出血性病変などの禁忌がなければ、血小板凝集を抑制する薬剤（アスピリンなど）や抗凝固剤などを投与しながら対応します。たとえすでに症状が消失していたとしても、TIAを起こした患者さんの中には、その後間もなく本格的な脳梗塞を発症することがありますので、慎重に経過を観察するとともに再発を予防する必要があります。

今回登場した畑中さんのように、一過性の意識消失から間もなく元に戻る患者さんは珍しくありません。そしてこのように痙攣や運動麻痺を伴わないケースは、意識障害というよりも失神という感覚でアプローチした方が解りやすいのかもしれません。実は失神の原因が脳疾患であることはむしろ少なく、循環器系に重大な問題がある確率の方がはるかに高いのです。中でも心室性頻拍《ひんはく》や徐脈《じょみゃく》などの不整脈が多くを占め、大動脈弁狭窄症や解離性大動脈瘤、肺塞栓《そくせん》などのこともありますので、正しく鑑別し適切な治療を行わなければ患者さんの命に関わります。特に大動脈弁狭窄症の場合は、医師が患者さんの胸に聴診器を当てさえすればきっと気付くはずですから、（未熟者の私のように）脳の異常と思い込んで見落とすことは医者の恥さらしになります。

大動脈弁狭窄症の原因のほとんどは、加齢変性による大動脈弁の硬化や肥厚《ひこう》、石灰化などによって弁の開きが悪くなることにあります。このため大動脈弁口の面積が減少し、左心室（心臓の4つの部屋の一つで、左心室が収縮して肺以外の全身に血液が送り出される）から大動脈への駆出抵抗が増大するため、1回の収縮で送り出される血液の量が低下してしまうのです。そして息切れや失神などの症状が出現するほどに進行すれば、突然死を起こすこともありますので、人工弁置換術の適応が考慮されるようになります。

それにしてもG《じい》の助けがなかったら、私は畑中さんの本当の病態に気がつかず、おそらくTIAという言葉をそのまま鵜呑みにして、神経内科に紹介していたはずです。紹介先のドクターが正しく診断を改めてくれれば（私は赤っ恥ですが）大事に至らずに済みますが、もしそこでも見逃されることになれば患者さんは危険な状態に置かれたままです。万が一、畑中さんが車を運転中に失神でもしたら、そう思うと冷や汗が出てきます。

胸が苦しい、首が痛い

母親に連れられて診察室に入って来たのは、ちょっと痩せ型の高校生、俊介君。2時間ほど前から急に胸が苦しく感じるようになり、次第に首も痛くなってきたらしい。

「何をしているときに苦しくなったの？」

「体育の授業中、サッカーの試合をしているときになんだか変な感じがして、それから胸が苦しくなりました。それに首も痛くなってきて……」

「どのあたりが苦しいの？」

「このあたりです」

俊介君は前胸部の真ん中を指した。そして首の方になぞっていきながら、

「ここも痛いです」

「サッカーの試合中に相手と激しくぶつかった覚えはない？」

「まあ結構ぶつかることはあるけれど、そんなに激しくはなかったと思います」

「ヘディングのときに首をひねったりして、その後から痛くなってきたのでもないのね」

「はい、そんな感じじゃないです、筋肉の痛みなら動かすと痛いはずでしょう、僕は慣れているので分かります。でも今日のは全然違う感じで、じっとしていてもだんだん痛くなってきました。

それに胸もちょっと苦しいし……」

「先生、この子は中学のときの部活でもサッカーをやっていましたから、ぶつかることには慣れています。こんなのは今日が初めてなのです」

お母さんも俊介君と同じ意見だ。

「わかりました。ちょっと胸を出して、深呼吸できる？」

俊介君はちょっとつらそうな顔をしながらも大きな息を繰り返した。心雑音はないようだ。そして呼吸の音にも左右差はない。気胸を疑っていた私の当てはちょっと外れたが、まだレントゲンを撮ってみなければ本当のことはわからない。それに発熱などの症状はないが、心筋炎などの心疾患も疑わしい。

「これからレントゲンや心電図をとってみます」

「お願いします、先生。よく調べて下さいね」

心配そうなお母さん。

心電図には異常がない。そして胸部レントゲンだが、やはり気胸は認められなかった。

（さて、これからどうしよう）

困っている私のところに、G《じい》がやって来て、「ちょっとレントゲンを見せてみろ」と声をかけてくれた。

「なるほどな」とG《じい》はつぶやき、ニヤニヤしながら私の方を見つめている。レントゲン写真にどんな異常所見があるのだろうと、私は目をこらしたがどうもよく解らない。

するとG《じい》はポインターで心臓の輪郭を上の方に、縦隔《じゅうかく》そして頸部《けいぶ》へとなぞっていった。わずかな変化なのでよくわからなかったのだが、G《じい》がなぞったラインには不自然なX線透過性の亢進《こうしん》（レントゲン上で黒く映る）が認められた。つまりそこにあるのは空気だ！

「あっ、ひょっとして縦隔《じゅうかく》気腫ですか。首の方まで空気が上がって痛くなったのかな」

「そういうことだ。で、どうする？」

「CTを撮ればもっとはっきりすると思うのですけど……」

「それはそうだが、今回はいいだろう。すぐ大学病院に紹介しなさい」

「縦隔気腫なら呼吸器外科の方に（患者さんを）送った方が良さそうですね」

「そうだな。いいか、自分だけの名前で紹介状を書くのだぞ」

「わかりました」

私は自分で診断できた訳ではないので、G《じい》との連名で紹介したかったのだが、また先に釘を刺されてしまった。呼吸器外科に連絡すると、手術中のためすぐには対応できないとのことだったが、救命救急センターの方で受け入れてもらうことができた。

俊介君とお母さんにレントゲンの所見を説明し、

「今すぐに大学病院に行って下さい、救急外来の方です。担当の先生にはもう連絡してありますから」

そう言って紹介状とレントゲン写真を手渡した。

「どうもありがとうございます」

二人が出て行くとG《じい》が言った。

「さっきは被曝量を考慮したこともあるが、こんなときはレントゲン写真だけで診断した方が、できる医師だと評価が上がるものだぞ」

するとと由美さんがはしゃぎながら、

「やったー! また有里センセーの株が上がるわね」

「もうやめてくださいよ。私にはなんにもわからなかったんですから」

私は所見を見逃して反省モードだったので、正直なところ恥ずかしかった。

「なに言ってるの、有里センセー。人の手柄も自分のものにするくらいじゃないと、大学では出世しないのよ。そうですよね、先生(G《じい》のこと)」

「そんなこと言った覚えはないぞ。たしかに出世欲にかられた卑怯者も、ときにはいたけどな。ずる賢いだけでは能力が伸び悩み、結局は大した医者にはなれんものよ。何事も正直が一番。そして大切なのは事実を求め続ける探求心だ」

ドクター有里の解説

気胸《ききょう》は知っていても、縦隔気腫《じゅうかくきしゅ》という病名は耳慣れない方がほとんどではないでしょうか？　そもそも縦隔とはいったい身体のどの部分に当たるのかも解りづらいと思います。

縦隔とは、上下を胸郭の入り口から横隔膜、前後を胸骨から胸椎（背骨）、左右を臓側胸膜に囲まれた空間のことで、この中には心臓や大動脈、肺動脈、気管・気管支、食道、胸腺、神経などの重要な臓器が含まれています。そしてこの縦隔に気体が存在する状態を縦隔気腫と言います。もっとも気管・気管支や食道に元々あるべき気体は除外します。また、空気ではなく気体と言っているのは、医療行為において酸素や笑気などを吸入しているときに気腫が生じることもあるからです。

気胸の中には外傷や肺疾患に続発して発症するものの他に、自然気胸といって特別な誘因がないのに突然発症するものがあります。これは肺の胸膜内や胸膜直下にできた気腫性嚢胞《きしゅせいのうほう》（空気が溜まって泡のようになった部分）が破裂して、胸郭内に空気が漏れ出して肺が虚脱します。ちょうど俊介君と同じような20歳前後の背の高い痩せた男性によく起こるので、私は最初に気胸を疑ったという訳です。

縦隔気腫は外傷や手術、悪性腫瘍、感染症などに併発することや、喘息の発作中に起こることがあります。また何の基礎疾患もない健康な人に突発的に発症することも決して珍しくはありません。やはり痩せ形の若い男性に多い傾向がありますが、自然気胸と違って激しい運動や咳き込みなどの誘因があるのが普通です。また、たとえがっしりした体格のラグビー選手や格闘家でも、タックルなどで強い圧力を胸部に受けた後には縦隔気腫を起こすことがあるようです。俊介君は、サッカーの試合中に相手の選手と接触したり転んだときには、おそらく強く息止めをしていたはずです。そのため気道の内圧が高くなり、空気が縦隔に漏れたのだと思われます。

また、気胸や縦隔気腫の状態からさらに気体が皮下組織に広がり皮下気腫が起こることもあります。俊介君が首を痛がったのは、縦隔から漏れた空気が首の皮下組織まで広がってきたからでした。皮下気腫の部分を押すと、ザクザクと霜柱を踏んでいるような手応えを感じるらしいのですが、今回はよく分かりませんでした。

レントゲン写真で縦隔気腫を診断することは、経験不足の医師にとってはかなり難しいことです。気胸の場合は、縮んだ肺の外側に気体が溜まっているので判りやすいのですが、縦隔は心臓や血管、気管などいろんな臓器がごちゃごちゃ重なり合っており、また気体の輪郭も細くて判りにくいことが多いのです。ですから、漠然とレントゲン写真を見るのではなく、縦隔気腫の可能性を頭に置きながら眼を凝らして読影しなければいけません。

なお、合併症のない特発性縦隔気腫の場合、ほとんどのケースが数日の安静で回復するようです。ちょうど1週間後の夕方、俊介君とお母さんが挨拶に来られました。

「先日はどうもお世話になりました。おかげさまで、あの後すぐに診察してもらうことができました。2日程入院して様子を見てもらったのですけど、空気も引いてきて痛みもなくなったので退院して安静にしていました。先ほどまた受診したのですが、もう大丈夫だと言われました。軽い運動から始めていいそうです」

「本当に良かったですね。俊介君、また同じことが起こらないようにモリモリ食べて太くなってね」

「はい、頑張ります」

先週は弱々しい声だった俊介君が、今日ははっきりと大きく返事をしてくれた。

下肢の腫れを甘く見るな

診察室に足を引きずりながら入ってきたのは37歳の女性、松子さん。

彼女は鉄欠乏性貧血《ひんけつ》（私がなったのと同じ貧血）のため通院していた。私との違いは、鉄剤を内服してもヘモグロビン値の改善に時間がかかっていることだ。ということは鉄分の摂取量に問題があるのではなく喪失量が多いことが原因と考えられる。松子さんの場合は生理のときの出血量が多く、婦人科では子宮筋腫を指摘されているとのことだった。通常鉄剤は1日1錠を内服するが、それでは貧血が改善しないので、1日2錠に増量したところ、ヘモグロビン値は先月になってようやく10g／dlを超えてきた。

ところが今日はちょっと様子がおかしい。にぎやかな彼女が来ると、いつもは待合室から大きな笑い声が聞こえて来るのだが、なんだか元気がないなと思っていたら、痛そうに足を引きずっているではないか！

「えっ、その足どうしたのですか？　松子さん」

「あのね、先週からパンパンに腫れて痛いのよ」

「ちょっと見せて下さい、ちょっとスカートを上げますよ……。うわっ、これはひどいわ、すごく痛いでしょ」

松子さんの左脚は、鼠蹊部《そけいぶ》（脚の付け根のところ）から大腿、下腿、足背、指先まで腫れ上がっており、触ると熱い。ちょっと押すだけでも痛そうに顔をしかめる。

「ちょっとそのまま待っていて下さい」

私はG《じい》に一緒に診てもらうことにした。

「どれどれ、なるほどこれはひどいことになっているな。赤くなって熱が出たのは先週からかもしれないが、左脚が太くなっていたのはもっと前からだろう、違うかね」

私はしまったと思った。松子さんは私の外来に合わせて受診してくれていたので、もう何度も診察していたのだが、この左足の状態にずっと気付かなかったのだ。今思えば、松子さんはいつも足まで隠れるようなロングスカートを履いていた。きっと太くなった左脚を隠したかったのだろうけど、私は貧血の値しか見ていなかった。もちろん子宮筋腫の対処について婦人科の主治医とよく相談するようには進言していたのだけど、言い訳に過ぎない。

「すみません、気がつきませんでした」

私が謝ると松子さんが、

「いや、私も隠していたので、ごめんなさい。本当は3年くらい前から少しずつ腫れてきていたのです。でもこんな風になったのは初めてです」

「おそらく筋腫ができて大きくなった子宮が、左脚の静脈を圧迫して流れが悪くなっているのだろうね。今回は炎症が起きて赤く腫れてきたのだな、どこかに傷は……、なさそうだな。ずいぶん動き回ったかな？　仕事は何かね？」

「幼稚園で働いています。このところ毎日運動会の練習があって、結構動き回っていたのが悪かったのかもしれません。弾性ソックスを使用していたのですけど」

「ずっと立ったままで浮腫《ふしゅ》がひどくなった状態の脚を、無理に動かし続けたので炎症が起こったと考えるのが妥当なところだろうね。ちょっとエコーで見てみようか」

私は松子さんの下腹部から鼠蹊部、大腿部と超音波で観察した。

「これが子宮筋腫ですね、かなり大きい。これは脚から血液を送り返す大きな静脈です。右の方はきれいに血液が流れていますけれど、左の方は大きくなった子宮が圧迫しているこのあたりで狭くなって、血液の流れが悪くなっているのがよくわかります」

松子さんにも自分の血管が狭くなっているのが理解できたようで、

「わあ、こんなにひどいとは思っていませんでした。こんな風に見せてもらったことはなかったし。筋腫は何回も見たことがありますけど」

「どれ、もうちょっとその辺りを詳しく見せてくれないか。血管壁もずいぶん分厚くなっているな、これは年季が入っているようだ。エコーではっきりしないが、血栓ができている可能性も高いな」

「どうしましょうか」

「まずは安静にして左脚を高く上げておかなければ浮腫は治まらないな。子宮筋腫はどこの婦人科で診てもらっているのですか？」

「市民病院です」

「ひょっとして河野先生？」

「そうです、御存知なのですか？」

「昔、同じ病院で働いた事がある。ちょっと電話してみよう」

G《じい》は市民病院に電話をかけた。河野先生はちょうど外来日だったようで、すぐに電話に出たようだ。2～3分程のやりとりで話がついた。

「これから市民病院に行って、脚の状態が良くなるまで入院させてもらいなさい。このままでは大変な事になるからね、場合によっては血栓が肺に詰まる事もある。とにかくすぐに行きなさい。誰かと一緒に来たのかね？　一人か、できれば自分では運転しない方が無難だけどな、そうだ今日は暇そうだから僕が連れて行ってやろう。河野先生にも久しぶりに会いたいからね。あなたの車は駐車場に停めておいていいから、後で誰かに取りにきてもらうといい。（私に）それじゃあしばらく一人で頑張ってくれ、トミ子さん頼むな。高子さん、すまんが運転手になってくれ、行きはゆっくりだぞ」

「了解です。じゃあ由美ちゃん、後はよろしく」

G《じい》はさっそく救急処置セットを手にして、あのでっかいベンツに松子さんを乗せて出かけた。高子さんは車のキーを渡されてうれしそうだ。2人とも面倒くさそうな様子はみじんもない、そんなところにいつもながら感心してしまう。だけど行きはゆっくりって、それじゃあ帰りは？

後日——

一ヶ月程経って、私は大学病院の売店で松子さんにバッタリ出会った。

「松子さん、大学病院に転院していたのですか？」

「そうなのよ、市民病院に入院してから脚の腫れはかなり良くなったのだけど、やっぱり筋腫を切らないとこの先も同じ事が何度も起こると言われて。筋腫は前よりも大きくなっていたそうなの。本当は私も前から、切った方がいいかなと思っていたのよね。出血もひどいし、ときどき痛いときもあって。でもまだ独身なので、自分の子宮とお別れするのに抵抗があったのよね」

「そうですよね、私も松子さんの立場だったらやっぱり悩むと思います」

「だけどね、今度は先生に車で送ってもらったときにいろいろと話してもらえて、放っておくと命の危険があることも教えてもらったからね。ほら、飛行機の中で血栓を起こす病気、あれ何と言ったかな」

「エコノミークラス症候群ですか」

「そうそう、それ。普通の人でもそうなることがあるのだから、私の場合はもっとリスクがあるはずでしょって、そんな風に言われてすごく納得できたの」

「そうだったんですか」

「河野先生とも直接会って、私のことについてあれこれ話してくれたみたい。それもあってか今度は手術を強く勧められたわ。それまではあくまで私の気持ちを優先します、と言われていたけどね。それに大学病院の放射線科で肺の血流の検査までやってもらったら、両方の肺に小さな血栓がもういくつもできていたことも判ったしね」

「それで決心したのですね」

「そう、先週、無事手術が終わって、ほらこの脚、全然違うでしょう。歩くときも楽になったわ、手術するまでは左脚が重くて大変だったから」

「相当腫れていましたからね、でも本当に良かったですね」

「もうすぐ退院だから、なるべく早く挨拶に行くようにするけど、先生によろしく伝えといてね」

「わかりました。ちょうど明日は外勤日だから、先生（G《じい》）や皆さんにもきちんと伝えておきます、きっと安心しますよ」

「お願いします」

翌日――

松子さんの事をG《じい》に伝えると、

「そうか、それは良かった。今度は助けることができたか」

今度というからには、以前には亡くなった患者さんがいるはずだ。

「もう30年近く昔の事だけどな、ちょうど同じような患者さんがいたのだよ。やはり子宮筋腫が原因の鉄欠乏性貧血だった。ある日その女性が救急搬送されてきたのだが、もうすでに心肺停止から1時間以上は経っていて助からなかったのだよ。

彼女は中学校の女教師だったのだが、昼休みにトイレに行ったきり、午後の授業が始まっても戻って来なかった。不審に思った同僚の教師たちが探していると、女子トイレの中で気を失っている彼女が見つかった。中から鍵がかかっていたので、体育の教師が壁を登って手を伸ばして鍵を開けたが、彼女を外に運び出したときにはもう息をしていなかったらしい。先生たちは人工呼吸と心臓マッサージをしながら救急隊に引き継いだのだが、助からなかった。どう計算してもトイレに行ってから発見されるまでに30分以上は経っており、それから病院に到着するまでにさらに30分以上かかっている。残念ながら手の施しようがなかっただろうな。

自分は彼女の主治医だったので後を引き継ぎ、死因解明の必要があることを母親に説明して、病理解剖を行ってもらった。すると大きな血栓が肺門部の血管に詰まっており、それが死因と考えられたが、他にもいくつかの螺旋《らせん》状になった血栓があちこちに詰まっていた。そして子宮に圧迫された静脈の血管壁には血栓がこびりついていた。おそらくそれまでにも、何度も血栓ができては剥がれて肺に飛んでいたのだろうな。婦人科のドクターには手術を勧められていたようだけど、まだ独身だったので切りたくないと言っていたそうだ。母親がそう教えてくれた」

「たしかに松子さんに重なりますね」

「その頃は俺もまだ未熟者だったからな、筋腫の事は婦人科のドクターに任せっきりで、彼女の脚の腫れを深刻には受け止めていなかったのだよ。死んだ事も残念だけど、子宮を切りたくないと思っていた彼女の女心を思うと、本当にかわいそうになる。よりによってトイレの中で用を足しながら死んでいるところを発見されたのだぞ、学校の関係者にはあっという間に噂が広がって、本人があの世からそれを見ていたらとても恥ずかしくていたたまれないだろうが」

G《じい》はときどきセンチメンタルなことを口にする。

「そう思うと、なおさらかわいそうですね。きっと悩み続けていたのでしょうね。好きな男性もいたのでしょうかね。それに発見した先生もトラウマになっていなければいいですけど」

「ところで彼女の事例は、内科の地方会と県内の婦人科の症例検討会で報告した。注意の喚起という意味もあったが、どうすれば彼女を助けられたのかが知りたかったからな」

「早く手術をするべきだったということですか?」

「もちろんそうすべきだが、子宮筋腫を摘出する手術の最中に静脈内の血栓が剥がれて肺に飛ぶようなことになったらどうなる、へたをすれば術中死の可能性もあるだろう。だから、婦人科のドクターたちも戸惑いを隠せない様子だった。このような場合、今では下《か》大静脈《だいじょうみゃく》内にパラシュート状のフィルターを留置して、万が一血栓が飛んでも回収できる用意をしてから手術をする事だろうが、時代背景を考えてみろ、なにせ30年程昔のことだぞ。少なくともあの病院では無理だったが、当時の大学病院ではどうだったのだろうな」

「そう考えると、松子さんはやっぱり運が良かったのですね」

「それは間違いない。どんなにいろいろ悩んでいてもそのままでは解決しない。生き抜くためには速やかに決断しなければいけないときがあるものだ」

ドクター有里の解説

下肢の浮腫はいろんな原因で起こります。看護師やレジ係など立ち仕事をしている女性では、夕方になるとよく下腿《かたい》がむくむことがあります。特に高齢者が一日中動かずに、イスやベッドに腰掛けて、ずっと脚を降ろしたままテレビを観続けているようなときには、足背から下腿にかけて頑固な浮腫がみられます。また、栄養失調やネフローゼ症候群などによって血液中のアルブミン濃度が低下すると、両方の下肢に著明な浮腫を認める事があります。重力の影響を受けるこれらの浮腫は両方の下肢に出現します。対処法としては、なるべくこまめに歩くなどして脚の筋肉を動かすこと、横になって浮腫《むく》んだ脚を心臓よりも高い位置に上げておくこと、それから人の手や器械によるリンパマッサージも効果的です。

気を付けなければいけないのは、片方の脚だけが腫脹している場合です。特にうっ血がひどく皮膚が暗赤色に変色しているときには、深部静脈血栓症になっている疑いが高いのです。このようなときにマッサージをすることは危険です。

深部静脈血栓症は、子宮筋腫や妊娠によって子宮が大きくなったときや、手術による癒着、長期臥床《がしょう》中、静脈内カテーテルの留置などによって起こりますが、特に左腸骨静脈は好発部位となっています。その理由は左腸骨静脈の前面には右腸骨動脈が走行しているため、圧迫を受けやすいからです。

深部静脈血栓症の診断は超音波検査やＭＲＩ、血管造影などによって行われます。また血栓の材料であるフィブリンという凝固因子の増加を示すＤダイマーが高値を示せば、深部静脈血栓症の存在が強く示唆されます。

深部静脈血栓症の治療や予防にはワーファリンなどの抗凝固剤が投与されますが、松子さんのように出血が見られる患者さんでは使用を控えなければいけません。松子さんの場合は、子宮筋腫の圧迫を解除することが一番の解決法でしたが、手術中に血栓が剥がれて肺に飛んで行くことが懸念されます。特に圧迫が解除され血液の流れが強くなった状態やベッドから起き上がったときには危険が予想されます。ちなみにエコノミークラス症候群も、狭いスペースに長く座っていた乗客が立ち上がって歩き始めたときに起こりやすいのです。このような危険を回避する目的で、前もって下大静脈内にフィルターを留置した上で手術を行うことができます。また、症例によっては、フォガティーカテーテルというバルーン状のカテーテルを使って血管内の血栓を取り除く手技が選択されることもあります。

書類の重さ

「今時の大病院は変わってしまったな……」

G《じい》は一体何を言いたいのか、いや、今回は何のことだろうと思っていたら、一通の診断書を見せてくれた。G《じい》のクリニックに長く通院していた患者さんの死亡診断書のコピーだ。

夜中に発熱して呼吸が苦しくなったため救急車で搬送されたが、あれよあれよという間に死亡してしまったらしい。主治医からいろいろと説明されたが、あまりよく分からなかったとのことで、奥さんが病院からもらっていた死亡診断書の写しを持参してきたそうだ。死因は急性呼吸不全、その原因は誤嚥性《ごえんせい》肺炎と書いてある。

「この診断書にどこかおかしなところでもあるのですか?」

私が聞き返すと、

「おかしいと思わんのか？」

「そう言われてみれば誤嚥性肺炎と書いてあるけれど、それを裏付ける根拠があったのでしょうか。ひょっとして奥さんもそのことが納得できなかったのですか？」

「そんなことはわからないが、よく見てみろ、全部印刷された字だ。医師の署名まで直筆《じきひつ》ではなく印字じゃないか」

「でも、この形式で市役所に提出しても、何の問題もないみたいですけど……」

「死亡診断書のような大切な書類が、直筆の署名がなくてもＯＫだということに、どうも納得いかんわ」

「先生は納得できないかもしれないけれど、今では一部の例外を除いて電子カルテに記録されるようになっているので、診断書関係もパソコンで入力してプリントアウトするようになっているようです。大学病院でもそのように対応しているのが実情ですよ」

「何じゃ、その一部の例外とは。俺のクリニックをバカにしているな、この新参者が」

「新参者」という言葉はなんだか強烈で、Ｇの言《じい》いたいことを凝縮しているように思えた。

たしかに時代の流れと簡単に言っているけれど、本当に今の時代の方が正しいのだろうかと、私でさえ感じることがある。

「それならば婚姻届や離婚届けはどうなのだ？　ひょっとして電子メールでいいのかね？　死亡

診断書が受理されるということは、一人の存在がこの世から消えてしまうということだぞ。銀行預金も凍結されてしまうし、もし借金が残っていたら身内の誰かが責任をとらなければいけないのだぞ。借金と言えば、銀行に融資を申し込んでみるとよく解るだろうよ。本人を確認した上で、直筆のサインと実印がなければ一円も貸してはくれないよ。

人が死ぬことは結婚・離婚や借金よりも軽いことなのか？　自分にとって大事な人が死んでしまったときに、渡された死亡診断書がこんな軽々しい形式で作成されていたら、俺ならばとても寂しい気持ちになるね」

G《じい》はどこまで本気で怒っているのかよくわからないときがある。だけど激しく強い言葉を発するときは、感情が高ぶっているかのように見えながら、実はどうしても伝えたい意志があるのだ。G《じい》が伝えたいのはおそらくこんなこと……。

『人がこの世から居なくなるということは、残された者にとっては悲しくて受け入れがたいことだ。そのときに絶対に受け取らなければいけない証拠の書類、それが死亡診断書なのだから、医者もそれらしく気持ちを込めて書いて欲しいのだ』

私は父の死亡診断書を思い出した。主治医の先生が黒いインクのボールペンで書いた診断書の筆跡は、今もまだ目に焼き付いたままだ。

「確かにそうですよね。私も自分の字で署名することにします」

G《じい》の顔が緩んだ。

塩分制限

また「目から鱗《うろこ》」の教訓を得た。ただしいつもと違うのは、教えてくれたのがG《じい》ではなく患者さんという点だ。

「塩分は血圧を上昇させるので、一日に7グラム以内に制限してくださいね」

高血圧の患者さんを診療するたびに減塩指導を繰り返していたのだが、工事現場で働く武雄さんからこんな風に言われたのだ。

「でもね若先生、昨日もテレビで熱中症に注意するように言っていましたよ、水分と一緒に塩分も摂るようにって。俺なんか一日中炎天下で滝のように汗を流しながら働くのだから、塩分を摂らなきゃ倒れてしまいますって。

おとといのことですがね、俺の同僚が水ばっかり飲んでいたらだんだん元気がなくなって、そのうちにボーっとしてしまい、とうとう足が立たなくなっちゃいましたよ。そいつもやっぱり高血圧で別の病院にかかっているけど、主治医の言いつけをくそまじめに守るようなやつで、いくら俺たちが暑いからもっと塩気を摂った方がいいと言っても、あいつはまったく聞こうとしなかったからね。毎日の食事も塩分制限食っていうのを宅配してもらっていたようですわ。嫁さんに逃げられて一人暮らしなもので、そうしていたのでしょうけど、馬鹿正直があだとなって気の毒な話だと思いませんか。

それに塩分7グラムって簡単に言いますが、実際のところ計れるものじゃあないでしょう。なにしろ毎日バタバタでなんとか飯を食べるのが精一杯、もともとやるつもりはないけれど、たとえやろうと思っても現実は無理ですよ」

そう言われてみると、武雄さんの言い分はもっともだ。私は返答に困ってしまい、

「確かにそうだけど、あまり塩分過剰にならないように気をつけてください。塩を多く摂るよりはスポーツドリンクなどを飲んだ方がいいと思いますよ」

と言ったが、

「そうしたいのはやまやまなんだけど、俺たちみたいな日雇いには、そんな（お金の）余裕がなくてね。おにぎりや漬け物なんかで塩気を補っているのですわ。いざというときには塩を舐めながら水を飲むこともありますよ。そりゃあ血圧のことも大事だけど、この暑さで倒れちゃどうしようもないからね」

武雄さんの言っていることの方がきっと正しい。私だって剣道の夏合宿のときには、梅干しや鰹節などしょっぱい具の入ったおにぎりとみそ汁で、なんとか最後までやりきったのだ。

『日本人が一日に摂取すべき塩分量は7グラム（中には5グラムという医師もいる）』という国家試験の正解だけを根拠に、私はこれまでどの患者さんにも同じように減塩指導を行ってきたけれど、一人一人の生活には違いがあり、そして同じ人でも気候や運動量によって、一日に消費する

塩分量は変化するのが現実だ。だから当然、摂取すべき量も毎日変わるのが当たり前で、いつも同じではないはずだ。

そんなことを考えようともせず、判で押したように7グラムと繰り返してきた自分が恥ずかしくなった。

「今日は患者さんに教えられました」

私は武雄さんとのやりとりをG《じい》に話した。

「そりゃあ得したじゃないか。自分の意見を言い切って、医者にぎゃふんと言わせた武雄さんもたいしたものだが、それを素直に受け入れたお前さんもなかなかたいしたものじゃないか。医者なんてプライドばかり高くて、真実を受け入れようとしないやつの方がずっと多いものだがな。いやあ、実に愉快だ」

G《じい》はとても上機嫌だ。

「でも、褒められるようなことではないですよ。私、どうしてあんな当たり前なことに気がつかなかったのかなと」

「それはたぶん国家試験の勉強によって、生理学的正解が公衆衛生学的正解に上書き保存されてしまったからだろう」

そう言われてみると、生理学の講義は3学年のときにあったが、あまり真剣に勉強した覚えがない。それに対し、国家試験前には過去の問題の正解をひたすら呪文のように繰り返し脳に押しつけた。塩分7gはその代表格だ。

「一人一人、ケース・バイ・ケースか。私は臨床医だから、十把一絡《じっぱひとから》げに患者さんを扱うのではなくではなく、何人診ようが一人づつ別々に考えなくてはいけない、ということですよね」

「そのとおり、よく解っているじゃないか。ところで、今度は武雄さんにはどのように対応するつもりなのかな」

「まず、武雄さんの言ったことの方が正しいと私も考えていることを伝えます」

「それから?」

「え〜と、それから、血圧を上げないように塩分も摂れるいい方法があるかな? ちょっと調べてみます」

「そうか。それじゃあ、この塩を舐めてみなさい。少量を舌に乗せてゆっくりと味わうようにな」

G《じい》は小皿に盛ったひとつまみ分の塩を差し出した。私が使っている塩よりざらっとしている感じだ。言われたとおりに舐めてみると、さほど辛《から》くは感じず、舐めているうちにかすかに甘みや苦みも混じっていて、おいしく感じた。

「どうだ?」

「いや、全然辛くない。唾液の中にすっと入って行く感じ。まるで身体が欲しているように……」

「それじゃあ、こっちの塩はどうかな?」

G《じい》が次に出した別の塩を、私は(前の塩が残っていないように)二、三度水を飲んでから舐めてみた。前の塩とは大違いで辛い。しかも時間とともに辛さが増す。

「わあっ、辛い! なにこの塩?」

私は我慢できずに水をがぶ飲みした。

「最初の塩は昔の製法で作った天然の塩で、後の塩は工場で作った塩化ナトリウムだ。もっともこの塩化ナトリウムを長い間『食塩』と呼んできたのだがな、とても食べる気にはならんだろうが」

「本当に、全く味が違うのにビックリです。たしか天然の塩には塩化ナトリウム以外のカルシウムやマグネシウムなどのミネラルが少し混じっているのですよね。ほんのちょっとの成分がこんなに味覚を変えるなんて驚きです」

私は、カルシウムを摂取すれば高血圧が改善するということが、最近では話題になっていることを思い出した。

「そうか、武雄さんには天然の塩を使ってもらえばいいのか。カルシウムが混じっている塩ならば、血圧もあまり上昇しないということですね」

私が一人納得していると、

「そのとおりですよ、若先生」

背後から大きな声がして、振り返るとなんとそこには武雄さんが立っていた。

「わあっ、ビックリした。武雄さんどうして今頃ここにいるのですか？　と言うか、いったいいつからいたのですか？」

「ほんの今来たところですよ、ちょっと差し入れに。これ、先生と皆さんで食べて下さい」

「あらあ、武雄さんありがとう。どうしたの、このおいしそうなキュウリ」

こんなときに、いつも真っ先に反応する由美さん。

「なに、近所のばあさんの畑仕事を手伝ったらお礼に山盛りくれたのですわ。俺はひとり者だから、とても食べきれないもので。若先生もどうぞ」

「ありがとうございます。それから、さっきは武雄さんの言ったとおりで、私の考えが足りなかったと反省しています。どうもすみません」

「いや、どこの病院でも同じように『できるだけ塩分を摂るな』と言われますよ。ここの先生くらいですよ、何がどれだけ必要なのか、毎日よく考えながら飲み食いするように教えてくれたのは。それればかりか上等の塩までくれたのだからねえ」

「えっ？　それじゃあ、武雄さんはもうこの塩を使っているのですか」

「そうです。この塩を使うようになって、血圧もずいぶん安定してきましたよ。ずっと同じ薬を飲んでいても、食塩って名前で売られている安い塩を使っているときの血圧は、上が１８０㎜Ｈｇと下が１００㎜Ｈｇを超えることも多かったものですがね。それにあの食塩ってやつはどんなときに舐めてもいつも辛いけど、この自然の塩は毎日のように味が変わるのですよ。たくさん汗をかいているときは甘く感じて、塩を舐めていくうちにだんだん辛くなっていくから、ちょうど良い塩梅《あんばい》に調節できるって訳です。おかげで最近は足も痙《つ》らないし夏バテもしないようになりましたよ」

「そうだったのですね。やっぱり武雄さんの話は説得力があります」

「そんなに褒められると照れくさいな。正直に言うと、ほとんどは先生（Gのこと《じい》）に教えてもらったことですからね。それに、若先生もたいしたものですよ。俺みたいな者の言うことを素直に受け入れてくれるなんて。だいたいのお医者さんは、たとえ言葉は丁寧でも頑固なところがあって、なかなか考えを変えようとはしないものですがね」

「私も結構頑固だと自分では思っていますけど、何が正しいのかが知りたい気持ちが強くあって、自分が納得してしまうとあっさり考えを変えることがあるのです」

「そうですかい、そんなところは先生（Gのこと《じい》）にそっくりだな。その目力《めぢから》も先生譲りのようだし、これで良い跡継ぎができそうで安心ですね、先生」

「何をバカなことを言っているのだ、わしはまだ跡継ぎなどを考える年ではないわ。それに借金もまだあるし、あと20年はバリバリ働くつもりなのに、まったく何を考えているのかよくわからん」

「へい、こりゃまた失礼しました。先生もあんまりカッカとしちゃ血圧が上がりますよ。それじゃあ、失礼します」

　そう言いながら武雄さんは診察室を出て行ったが、受付でまた話し込んでいた。

「由美さんまたね、俺また余計なこと言っちゃったみたいだな」

「そんなことないって、先生は有里先生のことをすごく気に入っているのだから。私たちだって、そのうち有里先生がここを引き継いでくれたらうれしいわね。でも有里先生は大きな病院でこれからもっと勉強しなければいけないし、それにずっと先のことだから、武雄さん、またね。キュウリどうもありがとう。仕事も頑張ってね」

　二人の会話は私にも聞こえてきた。そして将来のことなど考えてもいない自分に気付いた。

ドクター有里の解説

　塩分を摂り過ぎると血圧が上昇することは、広く常識となっているようです。でも、そのメカニズムについては知らない方も多いのではないでしょうか。

　簡単に言えば、塩分を過剰に摂取して血液の中の塩化ナトリウム濃度が上昇すると、それを元の濃度に戻すために、血管の中の水分量を増やすように身体が反応する（抗利尿ホルモンを多く分泌して尿量を減少させ、細胞内にある水分を血液の中に移行させるなど）からです。その結果、血管内の血液容量が増加して血管壁にかかる圧力も高くなるのです。高血圧の患者さんへの減塩指導には、このような意味があります。

しかし一方、健康だろうが病気だろうが人は毎日活動しています。そのため当然のこととして、身体から失われる水の量も塩分も常に変化し続けるのです。ですから常に相対的に必要な塩分摂取量を決める必要があります。

また簡単に塩分何グラムと言っていますが、武雄さんから指摘されたとおり、本当に毎日きちんと計ることができるのでしょうか。正確な数値を出すには、それぞれの食材ごとに含まれる塩分濃度と食する量を掛け合わせ、それをすべての食材について足し合わせていく必要があります。その計算にはとんでもない労力を要し、しかも辛い大根と甘い大根があるように、同じ食材でも塩分量にバラツキがあるのが現実です。

それではいったいどうすればいいのでしょうか？

G《じい》が教えてくれたのは、味覚を信じることです。

本当の塩、つまり天然塩の場合は、身体に塩分が必要なときには辛く感じず、逆に過剰になっていると辛く感じるそうです。しかし、化学的に作られた食塩、つまり塩化ナトリウムの場合には、どのようなときに舐めても辛くて、味覚もあてにならなくなってしまいます。

私も何度か試してみました。運動して汗をかいて、スポーツドリンクではなく真水を飲んだ後に、天然塩を舐めてみると辛くないのです。それどころかかすかな甘みさえ感じるのですが、何度か舐め続けるうちに辛くなって、それ以上は舐める気になりません。一方、私がこれまで使っていた食塩は、最初の一舐めから辛くて、すぐに水を飲んでしまいました。これでは、今の自分がどれくらいの塩分を摂ればいいのかわからないのです。

それにしても、塩分制限が医学常識となってきたのはいつ頃からなのでしょう。G《じい》の記憶によると、G《じい》が医学生だった頃にはすでに塩分制限のスローガンが広まっていたとのことですから、ざっと40年以上は昔のことになります。そしてその旗振り役を担っていたのは生理学者ではなく、公衆衛生学者だったそうです。その当時、高血圧患者や脳卒中による死亡率が高かった山間部の住民が全国平均よりも多く塩分を摂取しており、その因果関係が取りざたされるようになりました。また、この頃から予防医学の大切さがうたわれるようになった背景もあり、1日に摂取すべき塩分を7グラム以下にするようにとの指導が熱心に行われるようになったようです。しかし、その頃に流通していたのは食塩、塩化ナトリウムです。だから、塩分制限の根拠となる実験も塩化ナトリウムを使って行われたはずです。本来は天然塩を使用して、再調査が行われるべきだと私は思います。

G《じい》「塩を英語で表現すると？」

私「ソルトです」

G《じい》「それは直訳だな、本当の意味としてはミネラルが妥当だ」

Ⅲ

とどめの一言

急に僻地の診療所に派遣されることになった。

「何か医局長の恨みを買うようなことをした覚えはないのか？」

それははっきり覚えがある。そして思わずこう言いたくなる。

「そんなことみんな知っているでしょう！」

順を追って説明すると、研修医としての多科ローテート期間が終了した後、私は血液学教室に入局した。今中先生の救命救急科にも魅力を感じていたが、なにせ私の他にも希望者が多く、学生時代に拝聴した中野教授の講義に感動を覚えたことや、病棟実習のときに丁寧な指導を受けたこと、そのときに受け持って仲良くなった急性リンパ性白血病の女の子から強く勧誘（？）されたことなどが私の進路を決めた。

循環器や消化器、呼吸器などいくつかの専門を合わせて一つの内科医局が成り立っている中、血液学教室だけは独立している。これはひとえに中野先生の御高名とその教え子である有能な先生方の業績によるものらしいが、その中野先生は今年の春に退官された。その後任には、准教授だった青木先生が任命されたが、それまでの医局の重鎮だった3名の先生がいずれも他の大学に教授として招かれ、医局を離れてしまったので、なんだか一気に寂しい雰囲気になった感がある。

それもあってか今年の入局者は、私を含めて2名だけだった。

そのような事態の中、現医局長は血液学教室内の出世頭として注目されている人材だが、一方では常に女性関係の噂が絶えないところが問題視されることもあった。そして今回、そんな医局長のお相手として噂に上がったのが、よりによってこの私だったのだ。

学会発表の準備のために医局長の指導を受けていたときに、何度かは医局に二人だけで残業したことがあるし、症例発表のときには同じ電車で出張し、打ち合わせをかねて近くのレストランで一緒に食事をしたこともあるけれど、私は、それくらいのことでいろいろと言われる筋合いはないと思う。だって、そんなことをいちいち気にしていたら、いつまで経っても男女平等に仕事することなんて無理でしょう。

ただし、私を部下ではなく女性として見ているような視線や言動がちょっと気になることがあったのも事実。この鈍感な私でもそう感じたのだからやはり（女癖が悪いという）噂は本当だったようだ。しかし医局長は他の女医たちとも親密そうにしていたので、私はなにも気にしてはいなかったのだが、先月の医局会の後、1学年上のある女医が冗談まじりにこう言い出したのだ。

「滝川先生（医局長）と山谷先生の仲、ちょっと噂になっていますよ」

私は思わず絶句したが、医局長は慣れた様子でこう言った。

「しょうがないな、また僕のことを噂する連中がいるなんて。別に山谷君だけをひいきにしているわけじゃあないよ。学会の準備で一緒になることが何度かあっただけで、特別な感情なんかある訳ないだろう。ねえ山谷君、君からも説明してやってよ」

「ええ、私は滝川先生のことを上司として尊敬していますが、それだけです」

ここであの余計な一言がなければ何事もなかったはずなのに、

「それ、本当かなあ？　滝川先生に個人的に指導されてうれしくないはずがないでしょう。普通なら特別な感情をいだいてもおかしくないですからね、たとえ滝川先生にはその気がなくても山谷君の方はどうだかわかりませんよ」

こう言ったのは滑来《なめく》次郎という私より2学年上のドクター、いつも医局長の顔色をうかがいながら機嫌を取っている。そして医局長もニタニタ笑っているではないか。これに私は腹が立った。それについ先程は、敗血症を起こして亡くなった白血病の患者さんに霊安室で線香をあげてきたばかりなのに。こんなつまらない話題でよくもヘラヘラ笑っていられるものだ。

滑来次郎は剣道部の上級生でもあったが、稽古をすれば女の私にさえコテンパンに打ち負かされるような、弱々しい根性なしだった。それが今では先輩面して私をネタに、医局長の機嫌を取っている。それに私への言動は、どう考えてもセクハラそのものではないか。

「何度も言いますが、私にはそんな気持ちはありませんよ」

「そんなふうにムキになるところが逆にあやしいよね、別に隠さなくてもいいのにさ」

ついに堪忍袋《かんにんぶくろ》の緒がブチッと切れた。

「だったらはっきり言いますよ。どう頑張ったところで生理的に無理だから、男女の仲は絶対にありえないの！　これでわかったでしょう。まだしつこく言うのなら、ちょっと外に出てもらえますか」

私は立ち上がって滑来次郎をにらみつけた。そして医局長をちらっと見た。

「……」

「……」

二人とも青ざめた顔で黙っていた。医局中が一瞬静まりかえったが、

「ふッふッふッ、あ〜おかしい。滝川君は自分がモテているつもりだったの？　みっともない。少しは反省しなさいな。そのうち私の方から注意しなければいけないと思っていたけど、もうその必要はなさそうね」

そう言ったのは医局長と同期の西山先生。学生時代にはミスコンで優勝したほどの美人だが、性格はまさに女傑《じょけつ》という言葉がピッタリ、間違った事が大嫌いで患者さんの治療方針をめぐって納得できないときには、たとえ教授を相手にしても一歩も引かない強さを持っている。

「それにしても生理的に無理と言われたならば、もうあきらめるしかないわね。まさにとどめの一言だわ。でもそれを山谷さんに言わせたのは滑来君、あんたなのよ、あんなにしつこくからんで、あんたがやっていることは立派なセクハラでしょ。滝川君もナメクジみたいな機嫌取りにヘラヘラしているから恥をかいたのよ。学生の頃からいろいろあったけど、医局長になったのだか

ら少しは中身のある男になってよね。そしたら好《す》いてくれる女性も現れるでしょうよ」

「それはいくらなんでも言い過ぎだよ。さすがの僕だって怒るよ」

医局長も反撃に出たが、

「さすがの僕ですって、自分のことを勘違いしているのなら、ちょっと思い出させてあげましょうか（ここで医局長は眼をそらした）。滝川君はかりにも医局長なのでしょ、だったら山谷さんを中傷する輩《やから》を注意するのが筋でしょう。医局員を束《たば》ねようともしないで、なにがさすがだって言うの、笑わせないでよ！」

医局長は完全に言い負かされて、ぐうの音も出ない。

「それから佐藤さん、どうしてこんなところで、誰と誰が噂になっているなんてことを口にするの？　そんなくだらないことを話すために皆集まっているとでも考えているの」

「すみません、軽い気持ちだったのですが」

「（先ほど亡くなった）患者さんのことを真剣に反省していれば、本当は重い気持ちになっているのが普通じゃないの。しばらく休んでいるうちに、ホント情けない医局になってしまったわ」

西山先生の剣幕に、さっきまでたるんでいた医局の空気がピンと張りつめている。

西山先生は同期の中でも飛び抜けて優秀だったそうで、学問にも診療にも真剣に取り組む姿勢は前教授から高く評価されていたらしい。ゆくゆくは血液学教室を背負って立つ存在として期待されていたが、結婚後、出産や育児の都合でしばらく休職しており、先月から復帰したばかりだった。そのため医局の主要ポストには就いていないが、やはり圧倒的な存在感がある。西山先生の怒りの背後には、白血病などの重い病気と闘っている患者さんへの思いが見える。

「ところで、山谷さん」

「はい、私も感情的になって悪かったと反省しています。みっともないところを見せてどうも申し訳ありませんでした」

こんな大げさな事になるとは思わなかったが、私もきっかけを作った張本人だ。

「なにもあなたが私に謝らなくてもいいのよ、今回のことはほんのきっかけに過ぎないの。いずれビシッと言わなければいけないと感じていたのだから。でも、その態度は気に入ったわ」

そう言いながら、西山先生は医局長と滑来ドクターの方を見た。たぶん、潔《いさぎよ》く自分達の非を認めてもらいたいと思っているのだろう。しかし、2人は黙ったままだった。

「そうじゃなくて、山谷さんは今日から私が指導する事にするけど、あなたの方はいいかしら？　滝川君と変な風に見られるのは嫌でしょう、滝川君もその方がいいはずよね」

「私は決められたとおりにします」

「さあ滝川君。医局長としてけじめをつけてちょうだい」

「わかったよ、その方が僕もいらぬ誤解を免《まぬが》れるから。ただ、山谷君にまとめさせている仕事はどうしようかな、あれは今度の学会で発表する予定だからね。彼女の業績にはなるのだがね」

「あら、そんなにすごい研究だった？　でも、山谷さんはもっと臨床の方に時間を取りたいというのが正直な気持ちではないの？」

「ええ、そうです」

「それなら誰かに引き継げばいいじゃない、佐藤さんにさせてあげたらどうなの」

「それじゃあ山谷先生には気の毒だけど、佐藤さんにやってもらおうかな」

「私はかまいません。大体まとまっていますから、後は佐藤先生の方でよろしくお願いします」

「私、余計な事を言った上に、山谷先生の業績まで奪うみたいで、なんだか悪い気がしますけど～、本当に私でいいんですかあ？」

そう言う彼女の視線は、私ではなく医局長に向けられていた。

「佐藤さんがやってくれるなら僕も大歓迎だよ。君も忙しいのにすまないねえ」

「はい、私、迷惑をかけないように一生懸命やります」

なんだかいい雰囲気のお二人さん、滑来ドクターだけが蚊帳《かや》の外だ。

「これで話はついたわね。山谷さん、これからよろしく。遠慮なくビシビシいきますよ」

「はい、望むところです。よろしくお願いします」

私は心の中で「ラッキー」とつぶやいた。これで万事うまくいくはずだった。

報復人事?

私が教授室に呼び出されたのはそれからひと月ほどしてからのことだ。

「山谷先生、急で申し訳ないがしばらくの間、黒谷山診療所に出向してくれないかね」

あまりに突然のことに私は驚いたが、

「派遣されていた医師が急に辞める事になって、どこからも補充ができなくて困っているそうだ。他に適当な人材もいなくて、君ならば頑張ってくれるだろうと思ってね」

「そうであれば受け持っている患者さんの申し送りもしなければいけませんが、いつから行けばいいのですか?」

「それがね、来月の初めから来てもらいたいとのことだ」

教授の意向を私が断る事はできない。断るときは医局を辞めるときだ。それにしてもあまり時間がない。来月からといっても、もう5日後のことだ。

「わかりました。私に断る理由はありませんが、お願いがあります」

「なんだね」

「私の代わりは西山先生の意向で決めてもらいたいのです。それから官舎はそのままでいいですか? 最低限の荷物だけ持って行きますから」

「よし、そのとおりに計らおう。じゃあ、本当にすぐ行ってくれるのだね」

「はい」

「いつまでになるのかはまだわからないけど……」

「それもわかっています、それでは失礼いたします」

「いや、本当にすまないね」

教授の言葉を背中で聞きながら、どうして私に謝る必要があるのか、その理由を想像すると無性に腹が立った。

「まったくひどい話ね」

私から報告を受けた西山先生がひどく憤慨《ふんがい》している。

「いかにも滝川君のやりそうなことだわ」

「やっぱりそうなのですかね?」

「他に何が考えられると言うの。これまで血液学教室の医局員が黒谷山診療所に派遣されたことは一度もないのよ。総合診療部にはまだ人員に余裕があるはずなのに、それをわざわざあなたを指名してくるなんて、教授にいろいろ嘘を吹き込んだのよ」

それは私もうすうす感じていた。本当は私の方から医局長に色目を使って機嫌をとっていたらしいとか、前教授のときは良かったが、今の教授になってダメになったと西山先生が言っているとか(確かに「自分がいない間にだらけた」とは口にしたがそれを巧妙にすり替えている)まことしやかに噂されているらしい。

「でも私には選択の余地はないですよね、先生には迷惑をかけますけど」

「本当に残念だわ。せっかく楽しくなってきていたのに」

「私も残念ですけど、こうなったからにはきっちり仕事をしてきます」

「そうね、向こうにも困っている患者さんがいるでしょうからね。どこに行っても医者の仕事に変わりはないわね。それにしても山谷さんはずいぶん前向きなのね」

「くよくよしても始まりません、先生」

「ごめんね、私にもっと権限があればこんなことにはならなかったのだけど。でもこれは私にとっても売られた喧嘩だからきっと思い知らせてあげる。あいつらが二度と立ち直れないようにしておかないと、もっと犠牲者がでるわ」

「そんな怖い事を言わないで下さい」

実際、西山先生のような美人が怒ると、いっそう厳しさが強調されてすごみがあった。

「いいわ、後は任せて。私が全部やっておくから、あなたは身の回りの準備をすればいいからね。受け持ちの患者さんには、明日一緒に説明しましょう」

「お願いします」

僻地の診療所に行く事よりも、患者さんに突然の別れを告げる事の方が何倍も辛かった。

帰れるところ

私は大事な事を思い出した。来週からG《じい》のTクリニックに行くことができなくなるのだ。

いきなりのことで言い出しにくいが、ともかくすぐに連絡しておかなければ……。

「もしもし、有里ですけど」

「あら、有里先生、こんな時間にどうしたの」

電話に出たのは高子さんだ。

「実は急な事態が起こって、先生に連絡しておかなければいけないので、今、大丈夫ですか？」

「ちょっと待ってね、患者さんを一人診察中だから、でもすぐに終わりそう。それで、一体どうしたの？　ひょっとして身内の人に何かあったの？」

「それが急に僻地の診療所に派遣される事になって、来週からしばらくそっちに行けなくなってしまうの」

「なんですって！」

高子さんの大きな声に、

「どうした？」

離れたところから問いかけるG《じい》の声がする。

「（G《じい》に対して）有里先生が僻地に派遣されるそうです」

「ちょっと先生に変わるわね」

「また急にどういう訳だ。医局長と喧嘩でもしたのか？」

「それに似たようなことです」

私は事の顚末を話した。

「なんだ、それは医局長が悪い。それにそのナメクジもつまらん奴だ。どこにでもいるものだな、ああいう卑怯な奴は。しかし一番ダメなのは教授だな、いい年になっても相変わらずバカだったか」

「教授を知っているのですか？」

「まあな、かなり昔の事だ。向こうは忘れたいかもしれないがね」

「へえ〜、どんなことがあったのですか？」

「そのうち教えてやるよ。それよりも、来週からだったらもう来る時間がないだろう」

「そうなんです、急なことで迷惑をおかけします」

「元々わし一人だからそんなに迷惑はかからないが、みんながっかりするだろうな。でも、決まったからには仕方がない。気を落とさずに頑張る事だな。人生、山あり谷あり、自分の名前のとおりだろう」

「ハハハ、そういうつもりで名前をつけられたのですかね」

「どうだか知らんが、そう思っておけばいいじゃないか。それから車は使っといていいからな、また落ち着いたら連絡するように。トミ子さんが話したいらしいから代わるぞ」

トミ子さんとは5分ほど話した。何か不自由な事があったらすぐに電話してくるようにと、まるで母親のように心配してくれた。由美さんの声も聞きたかったが、今日は先に帰っていた。最後にまた高子さんが電話に出た。

「あれ（レヴォーグ）で山道を走ると楽しいだろうけど、見通しの悪いカーブで追い越したら危ないからね」

「そんなに飛ばしませんよ、私はこれでも安全運転です」

「そう、とにかく身体に気をつけてね。近いうちに由美さんも連れて遊びにいくわ」

「ええ、楽しみにしています。それじゃあそろそろ仕事に戻りますので」

トミ子さんや高子さんたちと話して、ようやく気分が落ち着いた。医局に自分が戻る場所があるのか確信が持てないけれど、私にはG《じい》のクリニックがある。

教授、真っ青

3日後、残務整理にバタバタしていた私は西山先生に呼ばれた。

「ちょっと一緒に来てくれる」

西山先生が向かっているのは、救命救急部の医局。私がよく事態を飲み込めずに西山先生に尋ねると、

「私もよくわからないけど、今中先生からあなたを連れてすぐ来るように言われたのよ」

すると手招きをする今中先生の姿が見えた。

「やあ、急にすまないが早く中に入って。ここは僕の部屋だ、2人ともちょっとすまないが、あのスクリーンの奥で気配を消しておいてくれたまえ。いいと言うまで出て来てはいけないよ」

「わかりました」

私たちが身をすくめて息を凝らしていると、しばらくして部屋をノックする音がした。

「今中先生、急にどうしたのですか？　これでも私はいろいろと忙しいのですけど」

なんだか不機嫌そうな声だが聞き覚えがある。すると、今中先生は普段と違う低い声で、

「自分の胸に手を当ててみろよ」と言ったきり口を閉じた。

「えっ、えっ、いったい何のことですか？」

「貴様、この俺の顔に泥を塗っただろうが」

ドン！　とテーブルを叩く大きな音がする。

「ひえっ、すみません。そんな覚えはないのですけど、本当に何のことだか教えて下さい」

相手は完全に声がうわずっている。

「それなら聞くが、お前のところの山谷君が黒谷山診療所に赴任する一件、救急と総合診療を指

導している俺のところには何の相談もなかったのに、どうして医局員を派遣したこともない血液科に話があったのだ。俺のところには派遣できる人材がまだいるというのに、あれはいったい誰からの要請なんだ？　それとも昔のことを根に持って嫌がらせをしているのか。喧嘩なら買ってやるぞ」

私たちは声の主が教授であることを理解した。それにしても今中先生の迫力はすごい。

「ひえっ、あれは滝川君が持って来た話なので」

「大学の方に正式に要請があった訳ではないことくらい、問い合わせれば解るはずだろうが。それにお前が教授になってから医局員が減っている血液科のことを考えれば、他の医局にも相談するべきだ。実際、俺のところからは派遣できるのだからな。おそらく、山谷君たちを煙たがるような作り話を滝川から吹き込まれたのだろうが、お前はあいつがどんな奴か知っているのか？　今にセクハラや準暴行事件が明るみになるぞ。そのときカメラの前で頭を下げる覚悟はあるのか？　お前がどうなろうと俺はかまわんが、巻き込まれたくなかったら、早急に他の大学に引き取ってもらうことだな」

「は、はい。御忠告ありがとうございます」

すっかり低姿勢になったウチの教授、まさか私たちに聞かれているとも知らないで、ちょっと哀れな感じがしたが、これだけでは済まなかった。また誰かがドアをノックした。

「ああ、誰か来たようなので私はこれで失礼します」

教授はホッとしたような声で言ったが、今中先生は、「いいから、まだここにいろよ」と言いながらドアを開けて客人を招き入れた。

「おお、久しぶりだな、待っていたぞ。青木ならばここにいるぞ」

「おい、青木、よくもやってくれたな。ケチな嫌がらせをしやがって。自分が悪かったことを棚に上げて、まだ昔のことを逆恨みしているのか。売られた喧嘩は買ってやるぞ」

これは、まさか……。しかし間違いなくG《じい》の声だ。それにしてもこれまたスゴイ迫力。

「ひい〜、どうして○○先生がここにいるのですか？　それに何のことだか、さっぱり私には……」

「忘れたのか、○○と俺は大学時代からの友人だぞ。青木、お前は知らんのか？　山谷君の外勤先が○○のところだったことを」

「そんなことまで知りませんよ、私は」

「また都合が悪くなったら逃げるのか。昔からいつもそうだ。当直したときだって救急車のサイレンが聞こえたらいつの間にか消えていたよな。お前は知っていたはずだ、自分の権限を見せつけようと、わざと急に俺の弟子を遠くに飛ばしたのだろうが。この期《ご》に及んで言い逃れするな、みっともないぞ」

「いや、本当に知りませんでした。嘘じゃありません」

「そうか、それじゃあ医局員を急に移動させることになっても、その外勤先には何の迷惑もかけてはいないという訳だな。ひょっとして俺たちのような開業医を見下しているのか」

「いやいや、決してそんなつもりは」

「それならば、なぜそのような事態を予想しないのだ？　そんな必要もないと考えているのか、やっぱり知っていた上での嫌がらせなのか、いったいどっちだ。はっきりと答えろ！」

「いや、本当に悪気は全くありません。あの、迷惑をかけてどうもすみません」

「これで何度目だ、その迷惑とやらは」

「すぐに他の医局員を補充しますから」

「いらん、かえって足手まといだ」

「それなら、あの～、今回のことはなんとか取り消しましょうか」

　すると今中先生が、

「それは山谷君のためにならないだろうな。彼女がごねて逃れたように思われる」

「俺の弟子は行くと決めたらどんなところでも行く。あれは真っ正直な頑張り屋だ。そんな人材がせっかく入局したのに、卑怯者の方を贔屓《ひいき》にするとは、相変わらず間抜けだな。それとも腐ったミカンを箱から出すこともできない腰抜けか？　中野先生が知ったらさぞかしがっかりするだろうよ。俺が本当に言いたかったのはそのことだ」

「はあ～、また先輩たちに怒られてしまって、少し目が覚めました。でも、僕は昔のことを根に持ってはいませんよ。感謝しているのです、本当に……」

「そうか、それじゃあしっかり対応しろよ、さっき言ったことにも。早くしないと今度は大学に迷惑をかけることになるぞ」

「滝川君のことですね、わかりました」

「山谷君の件は、しかるべき時期に総合診療部から医師を派遣して大学に戻れるようにするから安心しろ。それから西山君を大事にするのだぞ。彼女の頭脳と正義感は血液科の宝だ。自分がスペードのエースを持っていることにまだ気付かないのなら、本当のアホだぞ」

「そのとおりですね、今中先生どうもありがとうございます。○○先生、全然変わっていなくてやっぱり怖かったけれど、懐かしい日々を思い出しました。私も中野先生の名を汚さないように、初心に帰って頑張ります」

そう言って教授は部屋を出て行った。

「もう出て来ていいよ」

今中先生の言葉を待って、スクリーンの奥から私と西山先生が姿を現すと、G《じい》は気恥ずかしそうに、

「なんだ、ここにいたのか。今中も人が悪いな」

「いや、ちょっといたずら心が働いてしまってスマン、スマン。しかし、ことの次第を知っておいてもらった方がいいだろうと思ってね。どうだったかね、お二人さん」

「おかげさまで私の気持ちもスッキリしました。本当にどうもありがとうございます。それにし

ても先生方2人とも怖いくらいに凄《すご》みがあって、私はとてもあんなふうにボロクソには言えません」

「なに言ってるの、西山君。君の武勇伝もいろいろ聞かされているよ。ところでどっちが怖そうだった？　やっぱり○○だよね」

「なに言っとるか、俺は今中がすごんでいるのをドアの外でずっと聞いていたぞ。あれはちょっとやりすぎじゃあないか？　俺はテーブルを叩いたりしなかったからな」

「いや、お前の時の方がビビっていたぞ、だって昔あいつを蹴ったこともあるのだろう、俺は暴力を振るったことはないからな」

「あれは、患者にイレウス管を挿入していたときに、透視を消すように言ってもフットスイッチから足を外そうとしなかったから、思わず足が出てしまったのだ。患者のためだぞ」

2人のドクターGの掛け合いに、私は思わず「ハハハ」と笑ってしまった。

「笑ったな～」

「すみません、でも本当にありがとうございました。私なんかのために、ここまでしていただいて」

「違う、俺たちの名誉のためだ」

「そうだ、こんなことはきちんと話をつけておかないと、この先舐《な》められるからな」

でも、私には途中からわかっていた。本当は2人ともちょっと強引な理屈と知りながら教授を絞り上げたことを。そして意外と仲のいい先輩・後輩だということも。

「どうもありがとうございました。それじゃあ失礼します」

私たちが部屋を出て行こうとしたときに、G《じい》が西山先生を呼び止めた。

「西山先生は正義感が強そうだから、あいつらを懲らしめたいだろうが、つまらんことにエネルギーを使うことはやめておきなさい。あんな奴でもいなくなればその分、血液学教室の総力は弱くなってしまうのだから、生半可な覚悟では盛り返すことができないぞ。持ち合わせているエネルギーは全部、発展的なことにつぎ込みなさい」

「ありがとうございます、○○先生。私も肝に銘じます」

G《じい》の差し入れ

僻地の診療所に赴任してから約半月が過ぎた。今日は日曜日だが、私は当直でここに残っている。診療所には外来だけでなく病棟もある。癌や老衰で弱って後は看取《みと》るばかりの患者さんも何人かいるので、医師不在にすることはできないのだ。

診療所にはもう1人外科のドクターが院長として勤務しているが、最初にかわした勤務条件には週休2日、当直は週2回まで、と明記されているので、金曜日の診療が終わると街中の自宅に帰り、月曜日の朝に診療所に出勤して来る。以前は大学の医局からも当直の医師を派遣してもらっていたらしいのだが、小児や外傷なども受診する僻地の診療所では当直医の仕事が大変なので、医局員の入局も減少している昨今、この山奥まで来てもらえることはめったにない。当然、毎週末は私が残ることになってしまう。このブラック企業にも匹敵する勤務条件に耐えきれず、私の前任者は予定の1年を半分近くも残して、ある夜いきなり逃げたらしい。

19床の病棟はほぼ満床《まんしょう》の状態だ。骨折などの外傷も何名かいるが、やはり高齢者が大半を占める。専門的な診断や治療を必要とする患者さんは大病院に紹介するため、疾患そのものはさほど難しくはないが、進行した認知症の患者さんへの対応に苦労することが多い。入院があるために当直をしなければいけない不自由はあるのだけど、その代わり入院食の検食をかねて毎日3食提供されるのはありがたい。

さて、今日は朝のうちに数名の急患（といっても風邪や虫さされなど）を診たが、しばらく暇になったので医局のソファーで仮眠していた。昨夜は喘息や腹痛、そして転倒した患者さん（大腿骨頸部骨折だったので救急車で搬送してもらった）などで忙しく、ほとんど睡眠がとれなかったのだ。

少しうとうとしかけたとき、電話の呼び出しが聞こえて来た。また患者さんか。いや、院内の内線電話ではなく、私のスマホの着信音、由美さんからだ！

「もしもし由美さん、こんにちは」

「有里センセー、もうすぐ着きま～す」

「えっ？　由美さん、こっちに来ているんですか？」

「そう、先生も一緒よ。（あれ、高子さんもう着いちゃったの）……もう着いたみたい。今、駐車場にいるわ」

私は慌てて外に出た。

「よう、どんな案配か見に来ようとしたら、皆も行きたいと言うのでな」

「わあ、トミ子さんまで。わざわざ遠いところを、どうもありがとうございます」

「有里先生、元気そうで安心したわ。それにしてもすごい山道ね。自分で運転するのは大変そうだわ」

「そうでしょう、私もここに来るとき緊張しました。ところどころ擦《す》れちがうこともできない場所があって、相手の人がバックしてくれて助かったのですけど」

「高子さんが運転すると言うのでやってもらったが、ちょっとしたスリルを味わったぞ」

「先生、私は安全運転だったでしょう？　一度でも急ブレーキを踏みましたか？」

「確かに急ブレーキは踏んでいないが、よくもあんなにガードレールギリギリのところをあのスピードで走ることができるものだ、俺にはとても無理だ。言っとくが年のせいではないぞ、若い頃でも無理だ」

トミ子さんも一言、

「私はなるべく外を見ないようにしていたけど、となりで由美さんがキャーキャーと大声を上げるたびに冷や汗が出てね」

「私は楽しくて声を出していたのよ。まるでジェットコースターに乗った気分だったもの、目の下はあんなすごい谷だし」

「高子さんは運転がうまいからなあ、初めて助手席に乗ったときのことを思い出しました。今日はどんな曲を聴きながら運転して来たのですか？」

「私が大好きな矢沢永吉を聞いていたのだけど、途中で先生がモーツァルトに変えてしまってね」

「矢沢永吉だと気合いが入りすぎるようだからな。ところで、いろいろと差し入れを持って来たぞ」

「わあ、ありがとうございます」

「それじゃあ、中に入らせてもらおうか」

「どうぞ、ちょっと案内します。ここが診察室で、ここが処置室。エコーはこれともう一つポータブルエコーがあります。内視鏡室はここ、大腸ファイバーはありませんけど。それからこっちにはレントゲン室と……」

「なんだ、ＣＴまであるじゃあないか」

「はい、やはり脳血管障害や外傷が多いので、それに一人暮らしの高齢者の場合はなるべく地元で対応してあげなければ大変だということで、５年程前に導入したようです」

「ほう、それは助かるな。CTがあるのとないのでは大違いだ」

「実は、ここに来た初日に強い胸痛の患者さんが来たのですけど、CTで胸部大動脈解離と診断できて、なんとか無事救急搬送できました。エコーではよく見えなかったので、本当に助かりました」

「そうか、田舎の診療所はいろいろ勉強になることがいっぱいだ。臨床医として自立するための修行の場としては、これ以上の環境はないからな。若くて体力があるうちに経験できることはいいことだぞ。ここにいるうちは診療所の仕事に徹し、大学に帰ったらまた大学の仕事を頑張る。自分がどこにいるのかではなく自分がどのようにあるのかで、自分の価値が決まる。だから、今日は今日の仕事を一生懸命やることだけを考えていればいい。まあ、こんなこと言わなくても解っているだろうけどな」

「いや、大学の同僚たちのことを考えるとときどき焦りを感じてしまうこともあります。だけど、やっぱり今言われたとおりなのですよね。なんだか心を見透《みす》かされた気分です」

「俺も若い頃に、当時勤務していた公立病院の院長を相手に生意気なことを言って、僻地の診療所に一人で勤務するはめになったのでな、その気持ちはよくわかる。赴任した夜に、なぜか急に思い立って日本地図を開いてみたものだ。大病院で研修中の友人たちから遠く離れたところに自分は一人ポツンといるのだと、つくづく実感したときの侘《わび》しさは今でも思い出すよ。しかし毎日の忙しさと緊張感のおかげで感傷に浸る暇はなかったな。そしてその頃の経験が、それからずっと自分を支えてくれているのだから、人生はよくできているものだな」

それを聞いていた由美さんが、

「へ～えっ、有里センセーってまるで師匠の後を追いかけているみたいね。そう言えば、だんだん似てきたような気がするわ」

「由美ちゃん、またそんなこと言って。有里先生はまだ若い女医さんなのだから素直に喜べないでしょ、それにせっかくいい話をしているのに、途中で……」

「どうも出しゃばってスミマセン」

高子さんが最後まで言わないうちに、由美さんはちゃっかり謝った。

G《じい》の若い頃の話をもっと聞きたかったが、

「こんな話はまたゆっくり話すことにしよう。さて、いろいろ使えそうなものを持って来たぞ、どうだ」

そう言ってG《じい》は道具箱を差し出した。何が入っているのだろう？

中から出て来たのは、人工呼吸用のマスクとバッグ、挿管《そうかん》器具のセット（喉頭鏡のグリップとブレードが各サイズ、スタイレット、鉗子《かんし》類、バイトブロックなど）、骨髄穿刺《せんし》針10本、骨髄生検《せいけん》針5本、血液標本を作るためのスライドガラスとカバーガラス、染色液、スポイド、メスシリンダーなど。

「これ、ありがたいのですが、顕微鏡がなくて」

「だろうな、ちょっと待っとけ」

G《じい》は駐車場の方に出て行き、大きな木箱を抱えて戻って来た。

「ふう、けっこう重たいな。どうだ、これで文句はあるまい」

「先生のクリニックにあった顕微鏡じゃあないですか」

「使っといていいぞ、クリニックにはもっといいのを注文しているから」

「わあ、助かります。これで血液像を自分で見ることができるし、骨髄の状態を確認したい患者さんがいても大学病院まで行けないような高齢者が多いので。顕微鏡があればいいと思っていたけど、私以外のドクターが使わなければ無駄になってしまうので、購入して欲しいとは言えなかったから、遠慮なくお借りします」

「貸すのではない、譲るのだぞ。誰かに尋ねられたら、自分の顕微鏡だと言いなさい。それから消耗品は、とりあえずここにある物を使って、もし保険請求するときはきちんと購入してもらって補充すればいいだろう。そうでなければ一切請求させてはいけないぞ」

「わかりました。でも、こんなにたくさんは使わないと思います」

「さあな、他に使い道があるかもしれないぞ、その針（骨髄穿刺針）は丈夫でストッパーも付いているからな」

「でも、挿管器具は診療所の備品としてあるのですけど……」

「それは医者のたしなみとして、一つは自分で持っておくべきものだ。車に乗るときにも常に携えておくといい」

G《じい》の気前の良さは今回に限ったことではないが、予想もしていなかった差し入れの中身にはさすがにビックリさせられた。

「ハイ、これは私たちからの差し入れ。ここではなかなか食べられないでしょう?」

由美さんが開けた箱の中には、美味しそうなショートケーキが並んでいる。

「わあ〜、うれしい! ずっと食べてなかったのですよねえ、こんなの。みんなで一緒に食べましょう、私コーヒーを入れます。いい豆を買っておいたから」

コーヒーメーカーからブルーマウンテンの香《かおり》が立ち始めたとき、内線が鳴った。

「はい、わかりました。すぐ行きますね」

「急患か?」

「ハチに刺された患者さんです。でも、刺されたのは昨日なので急患ではないですけど。ちょっと診てきますから、どうぞ先に食べていてください」

同じ種類のハチに2回目に刺されたときにはアナフィラキシーショックを起こすことがあるが、この患者さんは刺された右手背が昨日よりも腫れて痛むものの、他に問題はなかった。痛み止めと外用ステロイド剤を処方し、次に刺されたときはすぐに受診するように伝え、10分程で医局に戻った。

「どうもすみませんでした」

「有里先生も大変ね、気が休まる暇がないでしょう？」

トミ子さんがちょっと心配顔で言った。

「いやあ、でも大学の中では体験しないような症例がいっぱいで、いい勉強になります。それより、まだ食べていなかったのですか？　コーヒーも出来ているのに」

「何言ってるの、有里センセーが働いているのに先に食べ始められるはずないでしょ、いくら私でもそれくらいはわきまえていますって」

「そうよね、由美ちゃんの言うとおり。有里先生、どれでも好きなのを先に選んで」

「どれにしようか迷うなあ」

私がイチゴのショートケーキを選ぶと、由美さんはすかさずチョコレートケーキを取り上げた。

それから30分程して、また内線が鳴った。

「また呼ばれちゃったの、本当に忙しいわね」

「何かあったらとりあえずここに来るので」

「今度はなんなの」

トミ子さんが心配そうに言った。

「咽《のど》に魚の骨が刺さってしまったおばあさんです」

「ええっ、普通は耳鼻咽喉科で小さな丸い鏡（間接喉頭鏡のこと）と細い鉗子《かんし》を使って抜くものでしょう」

「そうなのですよね、私はやったことないけど、とりあえずまず患者さんを診てきます」

「ちょっと待て、迷惑じゃなければ一緒に見てみよう」

「わあ、助かります」

私は看護師にG《じい》のことを紹介して、患者さんを診察した。どうやら咽の奥の方に魚の小骨が刺さっているらしいが、よく見えない。間接喉頭《こうとう》鏡は用意してあるが、古くて曇っている。最近では使ったことがないので、新しいものを購入していないそうだ。もっとも、まともなのがあっても使いこなせる訳ではないけれど。

「今日のところは痛み止めを出して、あす耳鼻咽喉科の方に受診してもらおうと思うのですけど、それでいいでしょうか？」

私が尋ねると、私が考えてもいないことをG《じい》が言った。

「ここには（上部消化管）内視鏡があるのだろう、それを使ってみよう」

患者さんを内視鏡室に連れて行き、椅子に座らせて、

「口の中を見るだけだから心配しないでいいから。じゃあ口を大きく開けて、そうそう、大きな声でアア～と言って、そうそう頑張って」

G《じい》は内視鏡の先から少しだけ生検《せいけん》鉗子を出した状態で、患者さんの咽に近づけた。

「ほらっ、あそこに骨が見えるだろう」

ちょうど左の扁桃《へんとう》腺《せん》の奥に白っぽく光る骨らしいものが見える。患者さんの目もモニター画面

に釘付けだ。

「いいか、近づけるからうまくつかむのだぞ、それっ（鉗子を）閉じて。よし、うまく取れたぞ」

鉗子の先には小さな魚の骨があった。患者さんに見せると、

「テレビ（内視鏡のモニター画面のこと）ではあんなに大きかったのに、こんなに小さな骨だったのかね～。あ～でも、よかった。おかげで咽がすっきりしました」

「よかったわね」

看護師もうれしそう。

「でも、咽の骨を抜くのに内視鏡を使うなんて始めて、先生（私のこと）の先生はたいしたものですね」

「いやいや、たいしたことはないよ。昔をちょっと思い出しただけだ。若い頃には僻地の診療所に一人で赴任したこともあったからね、いろいろ考えながら働いたものだ。今は街中にいるからこんなことはしなくてもいいけどな」

「ありがとうございました。本当に助かりました」

私が礼を言うと、

「今度は自分でやれるだろう。それよりも、今の処置を内視鏡下の異物除去として保険請求してはいけないぞ、とんでもなく高いからな。それに本来は内視鏡を使わないのだから、事務員によく言っておくように」

「分かりました」

医局に戻ると、トミ子さんがホッとした様子で、

「なんだか私たちだけでここにいると落ち着かないものですね、それでどうでした？」

「わかっていますって、先生（Gのこと《じい》）からまた何か御指南されたのでしょう？　ねえ、そうでしょう、有里センセー」

「そのとおりです、また一つ賢くなりました」

「よかったわね、それならまた来てあげなくちゃ。ねえ先生」

「私、いつでも運転しますよ」

「わかった、わかった。またそのうちな、あまりしょっちゅう来ては、ありがたみがないだろうが。どれ、それじゃあボツボツ帰るとするか」

「有里先生、くれぐれも身体に気をつけてね。あまり張り切りすぎて無理してはダメよ」

トミ子さんは相変わらず心配そうだ。

「何かいるものがあったら遠慮なく言って、一っ走りして来るから」

もちろんこれは高子さん。

私が駐車場まで送って行くと、G《じい》は車のトランクから紙袋を取り出した。

「これはスタッフの皆さんに、チョコレートとせんべいだ。どちらも嫌いという人はいなかろう。それから、こっちの袋にはＤＶＤと本が入っている。今度、感想を聞くからな」

「ありがとうございました。気をつけて帰って下さいね、ところどころがけ崩れが起こりやすいそうだから」

「わかった、高子さん？　ゆっくり運転してね」

「何言っとるか、帰りはわしが運転するのだぞ」

「先生、でも私って人が運転する車に乗るといちいち口を出すうるさいタイプですよ」

「なにっ、それは気が散るなあ、静かにできんのか？」

「それなら私が運転しましょうか？」

「由美ちゃんはダメだ！　命が縮む」

「やっぱり高子さんの運転が安心ですよ、ちょっと怖いけど」

「わかりました、トミ子さん。帰りは超安全運転で走りますから、安心してください。それじゃあまたね、有里先生」

高子さんの運転するベンツは瞬く間に見えなくなった。

痛みの背景を知る

そうだ、こんなときにはG《じい》の知恵を借りるのが一番。午後からはG《じい》のTクリニックもそれほど忙しくないだろうと思い、私は受話器を取った。

「もしもし、有里です。先生は、今忙しいですか？」

「あら有里センセー、元気だった？　今は患者さんが誰もいないので大丈夫よ。電話、先生に代わるわね」

「お願いします、由美さん」

私が答えるや否《いな》やG《じい》の声が聞こえてきた。

「おう！　電話して来るなんてめずらしいじゃないか。何か困ったことでもあるのかい？」

「実はちょっと知恵を貸してもらいたくて。ロキソニンやボルタレンなどがあまり効かない腰痛の患者さんがいて、漢方はどうかなと思ったのですけど、どう選べばいいのかよく解らなくて」

「確かに漢方薬によって頑固な腰痛が楽になることはあるがな」

「やっぱり、それで何を処方すればいいのか教えて下さい」

「まあ待て、その患者さんについてもう少し詳しく教えてもらおうか」

「えっ、あの、実証とか虚証とか、脈の浮沈とか、そんなのですか？　私にはよく解りませんよ」

「そんな難しい事はいいから、患者さんの年齢、性別、体型、職業をまず教えてくれ」

「71歳の男性でちょっとやせ形、仕事はちょっと待って下さい（仕事はヤマシ？）ヤマシさんです」

「山師か、それで時と場合によって痛みの程度も変わるはずだが、どんなときに痛みがひどくなって、どんなときに軽くなるのかね」

「えーっと、ちょっと待って下さい。（患者さんに向かって）『どんなときに痛みがひどくなって、どんなときに軽くなりますか？』『そりゃあね、ゆっくりと休むことができれば多少はいいけれど、ひと仕事した後にはかなり痛むね。特に重い物を扱ったときには我慢できないくらいだね』（Gに対《じい》して）あの、安静にしているときにはあまり痛まないけれど、仕事で」

「とっくに聞こえているぞ。患者さんの横から電話をしているのか、まったくよくやるわ。それならいっそのこと、その患者さんに代わりなさい」

「わかりました。すぐ代わります、どうもすみません」

私が受話器を渡すと、

「もしもし、椎田三郎と申します。どうもお忙しいところお世話さまです」

三郎さんは神妙な態度で話し始めた。きっとG《じい》のことをよっぽど偉い先生だと思っているのだろうな。

「はい、そう言われてみると、身体が冷えると痛みが強くなるような気がします。このところひどく痛むのは、急に寒くなってきたせいかもしれません。えっ？　風呂ですか？　そりゃあ風呂に入ってポカポカすると痛みも楽になりますね。そうです、たしかに毎朝早くから夜も遅くまで働いていますんで、かなり疲れも溜まっています。寝る前に？　ビールを飲んでそのまますぐに寝ます。ほろ酔い気分で疲れがとれて、なんとなく痛みも堪えやすくなるんです。翌朝の調子ですか？　いや、朝起き上がるときにはやっぱり腰が痛いですね。少し動いてほぐれるまでは特にいけません。ええっ！　そうなんですか、それじゃあ逆効果なんですね。いやあ、そうなんですよ。私もこんなの初めてでびっくりしましたけど、本当にありがたいことですわ！　わかりました。では先生のお弟子さんの先生に代わります」

と言って三郎さんは私に受話器を渡した。

「もしもし、どうもありがとうございました。それで、どうすればいいですか？」

「まずポイントになるのは、痛みが強くなる要因が冷えと疲労だというところだ。そうだろう」

「そうです」

「だとすれば、『補剤』つまり身体を温めて、体力を補うような漢方を選ぶといいのだが、ところで漢方は（薬局に）いろいろ置いてあるのかい？」

そうだ、うっかりしていた。院内の薬局には在庫していない薬剤も多い。まして漢方薬を処方することは少ないので。私はあわてて採用薬一覧を見た。

「あの～、数種類しか置いていないようですが、葛根湯《カッコントウ》と……」

「補中益気湯《ホチュウエッキトウ》というのはあるか？　手術の後などで体力が落ちたときなどには使うことがあるけどな」

「ホチュウエッキトウ……、補中益気湯ですね！　あります」

「その患者さんにはちょうどいいだろう。1日3回、食間に飲んでもらいなさい。できればお湯に溶かして飲むのがいいけどな。もし万が一、ものすごく飲みにくいと感じたときは、無理に飲まないように言っておくのだぞ」

「はい、わかりました」

「痛みやしびれなどの症状を改善するには、どのような状況でそれがひどくなりどのようにすれば楽になるのかを把握することだ。そして漢方もその手段の一つとして、あまり仰々しく考えずにまずは慣れていくことだ。使いながらだんだん覚えるのだぞ。そのためには患者さんからいろいろと情報をもらうことが大切となる。効果があったかどうかも、患者さんに聞きなさい」

「はい、そうします。それから、またいろいろと電話するかもしれませんのでよろしく」

「はいはい、わかっとるよ、じゃあ頑張ってな」

私はG《じい》に言われたとおりに三郎さんに説明し、処方箋を発行した。

「ところで、先生は私のこと何か言っていましたか？」

「いやあ、ずいぶん褒めていたよ。真面目で熱心だって。そうそう医者になった覚悟ができているとかも言っていたなあ。たしかにこの間来ていたボンボン医者は全く頼りにならなかったものなあ」

「本当に？」

「本当だって！　困ったことは何でも先生（私のこと）に相談するように、村のみんなに伝えなさいと言ってたよ」

私は心の中で「うわっ、G《じい》にしてやられた」と思いながらも、ちょっと良い気分になった。

ドクター有里の解説

私たちが医学生の頃に受ける医学教育は西洋医学を基礎としたものです。

西洋医学が人類にもたらした恩恵は絶大で、抗生物質や外科手術、輸血などによって、それまで感染症や外傷などで亡くなっていた多くの人が助かるようになりました。さらに臓器移植やB型肝炎・C型肝炎の抗ウイルス療法、そして再生医療など、まさに日進月歩の勢いで進歩し続けていますが、西洋医学には弱点もあります。患者さんが訴える様々な体調不良の中には、症状→検査→診断→治療法といった手順に従って理論的に選択することが難しいものも多々ありますし、理屈の上では正しいはずの治療を行っているのに、あまり効果が得られないこともあるのです。

一方、漢方や鍼灸《しんきゅう》などの東洋医学は、科学的解明がまだ十分でない側面はありますが、西洋医学よりも古い伝統があり、疲労や食欲不振、冷えやのぼせ、肩凝りやこむら返りなど日常的によくみられる症状を改善する効能には定評があります。何と言っても、想像しきれない数の対象者を体質と症状ごとに分別し、数多ある自然素材（植物や動物の骨など）の配合による効能を、気が遠くなるような年月をかけて試行錯誤を繰り返しながら確立した歴史は、まさに壮大な人体実験とも呼べるものです。このような研究は人権が問われる現代社会においては絶対に不可能であり、未来へ引き継ぐべき大切な財産です。

私たち臨床医にとって理想的なのは、西洋医学と東洋医学のどちらかに偏《かたよ》るのではなく、双方の長所をできるだけ取り入れながら診療にあたることです。それはわかっているのですが、漢方の世界には、気・血・水や五臓、虚実、陰陽など独特の理論があって、西洋医学の考え方で教育された私たちにとっては理解するのが困難なところがあり、ついつい敬遠するようになってしまいます。

ところがGは、漢方薬だからといって特別視するのではなく、普段使っている西洋医学の薬と同じように、適応や使用禁忌《きんき》などを確認しながら使い方を覚える方が現実的だと言います。確かに漢方を本格的にきわめるにはそれ相当の時間が必要ですが、西洋医学もまだ十分に習得できていない私にとってその時間は大切です。だからあくまで自分の仕事が何であるのかをわきまえて、そこに生かせる漢方をいくつか覚えてまずは処方してみること。そして必ず患者さんの感想を聞いて効果を確認すること。もし飲みにくいと感じたり、かえって調子が悪くなったときには、決して無理に飲ませてはならない、とアドバイスされました。

このような次第で、私はまず今回登場した補中益気湯《ホチユウエツキトウ》から使ってみることにしました。

そして、十年程前に追突されてむち打ち症になって以来、ずっと肩や首の痛みに悩まされている女性に処方してみたところ、やっぱり効果がありました。彼女は自分の症状をすべて過去の事故につなげていましたが、実は運動嫌いで筋肉はやせており、寒さや疲労によって痛みがひどくなっていたのです。

それから私自身も、睡眠不足で疲労困憊だったときに補中益気湯を飲んでみたら、とてもよく効きました。

友造さんの運

今日は季節外れの台風が影響して雨風が強いため、患者さんはほとんど来ない。めずらしくのんびりしている。山の中の生活にもずいぶん慣れてきた。

そんな思いにふけっていると、

「先生！　大変です」

けたたましい声とともに担ぎ込まれてきたのは友造さんだ。

「いったいどうしたの？」

「木の枝から落っこちて、頭を打ったんです」

「最初はしっかりしていたけど、だんだん様子がおかしくなって、どうもぼんやりしているし、左手の動きが悪いようで……」

「友造さん、ここがどこかわかりますか？」

「わかりますよ、病院でしょ……俺は大丈夫だって……のに……みんなが大げさに……もんだから……」

なんとか答えようとしているものの、目つきもぼんやりして明らかに呂律《ろれつ》が回らない。左手の動きも悪い。今のところ呼吸状態や脈拍、血圧などのバイタルサインには問題はないが、状態は急激に悪化することもある。

すぐに頭部CTを撮影した。右耳の上あたりを激しく打撲したようで、大きな皮下血腫《けっしゅ》（いわゆる「こぶ」）ができているが、頭蓋骨《ずがい》を挟んでちょうどその内側（頭蓋内）に当たる部位に、レンズ状の形をした出血が認められた。頭部外傷による急性硬膜《こうまく》外血腫に間違いない。

急性硬膜外血腫は頭部を強く打撲した後に起こる脳出血の一つで、安静にして様子をみれば大丈夫な軽症例もある一方、拡がった出血によって脳が圧迫されて命が危険になることもある。特に短時間の間に意識が低下して来るときは危ない。

しかも悪いことに、友造さんは心房細動《しんぼうさいどう》という不整脈を持っているので、血栓予防の目的で抗凝固剤を内服しているのだ。不整脈があると血流が乱れるため心臓内に血栓が出来やすくなり、これが剥がれて脳の血管に詰まると広範囲の脳梗塞を起こすため、血液の凝固因子の活性を抑制する薬を内服する必要がある。ところがこのような出血の事態に対しては仇《あだ》となり止血困難となるのだ。友造さんの脳内出血は止まるあてがなく、ますます脳を圧迫していくだろう。

急いで大学病院まで搬送しなければ、友造さんの命は危ない。が、今日の天候ではドクターへりは飛ばない。村には消防団が管理する救急車があるが、この山間部からは1時間半以上はかかる。それまで患者さんが保つだろうか？　搬送中の振動で出血がもっと広がる危険もあるのだ。しかし運を天に任せて運ぶしかない。

「急性硬膜外血腫の患者を搬送したいのですが、56歳の男性で受傷後一時間程、木から落下して右側頭部を打撲しています。左上肢の動きが悪く、意識レベルは変化していますが、今のところは」

救命救急科のドクターに受け入れの要請をしているその時、看護師の慌てた声がした。

「先生、友造さんの意識が低下しています!!」

「友造さん、わかりますか？」

大きく声をかけても答えようとしない。皮膚を強くつねると痛そうな様子で一瞬払いのけようとはするが、すぐに力が抜けていく。これはやばい！　このままではやがて呼吸も止まってしまいそうだ。

「先生、患者さんの意識レベルがどんどん低下して、なんだか呼吸もおかしくなってきました。もう助からないかもしれませんが、ともかく（気管内）挿管《そうかん》をして人工呼吸しながら搬送します」

「そうか、なんとか頭蓋内に溜まっている血液を外に出すことができればいいのだが、そこに何か頭蓋骨に穴を開けられるような器具はないか？」

「外科の先生がいらっしゃるのですが」

チラッと見ながら、

「先生、メスか何かで頭蓋骨に穴を開けることはできませんか？」

「メスでは無理だ！　キリのような物じゃないと。いっそこの際だ、日曜大工用のキリを消毒してやってみるかね？　しかし、下手すると脳を傷つけるかも知れないし、あとから何を言われるかわからんからなあ。ちょっと気が乗らないけど、どうしてもと言われれば」

そのとき思いついた。

「あれがあった！　私、やってみます。なんとか手を尽くしながら搬送しますのでよろしくお願いします」

「了解しました。天候も悪いから大変だろうけど頑張って」

私はG《じい》が渡してくれた道具箱から骨髄穿刺《せんし》針を取り出した。この針は本来、白血病などの診断に必要な骨髄の液を採取するための器具で、太い外筒の中にもう一本、内筒が芯のように存在するため丈夫で、しかも安全のためストッパーが付いている。まさに今、頭蓋骨に穴を開けるにはもってこいである。

「それでやるのかい？　よく思いついたね、よし、他のことは僕がやるから」

さすがは外科のベテランドクター、手際良く気道確保などの救命処置をやってくれた。

私はＣＴの画像をもう一度確認した。皮下血腫のほぼ中心部に針を刺せばいいはずだ。まず、採血用のシリンジにピンク針（18Gの太い針）を付けて、皮下に溜まっている血液を吸引し、かなりペシャンコになったところで、（友造さんの意識は低下していたが念のため）キシロカインで骨膜を麻酔して骨髄穿刺針を突き立てた。

左右にグリグリと回しながら慎重に押し進め、頭蓋骨の厚みをギリギリ超えたと思ったところで内筒を抜いたら、血液が勢いよく噴き出してきた。私は、さらにもう3カ所に穴を開けて滅菌ガーゼを当てた。そして最後の5カ所目は針を抜かずに絆創膏で固定し、点滴用の延長チューブを接続して注射器でゆっくりと血液を抜いていった。通常は血腫が固まり、小さな穴から排出することは難しいはずだが、抗凝固剤を内服していたのが幸いして、血液はサラサラと流れ出てくれた。

友造さんの呼吸が力強くなってきた。

「友造さん！」

脳への圧迫が軽減したはずなのに、全く反応はない。

「いや、声をかけても無理だよ。（気管内）挿管するときにしっかり眠らせたから。多少でも意識があると口も開けにくいし、血圧も上がってしまうからね。しばらくは意識の確認はできないけれど、もし半端に意識が改善したら、チューブを抜こうとするかもしれないし、頭を動かされるとその針も危ないから、向こうに着くまでは眠ってもらった方が安全だと思うよ。途中で目が覚めそうになったらジアゼパムを追加したらいい。気道は確保してあるのだから、血圧が上昇したり口をもぐもぐさせるようになったら躊躇せずに使いなさい」

昼行灯《ひるあんどん》と言われている大石先生が、いざというときには別の顔を見せた。

「わかりました、どうもありがとうございます。それじゃあ行ってきますので、あとをよろしくお願いします」

私が救急車に乗り込もうとすると、

「山谷先生、私も一緒に行きます」

友子さんが走って来た。

「えっ、友子さん、今日は休みのはずじゃあ」

「救急車で車酔いしないのは、私と真美ちゃんだけなのです。私は家が近くだから」

「どうもありがとうございます。さあ友造さん、一緒に頑張ろうね！」

風雨の中を救急車は走り続けた。運転手含めて3名の消防団の青年と看護師の友子さん、そして私の5人が救急車に同乗し、道を急いだ。友造さんを診療所に運んだ同僚は、家族と連絡を取りながら後から来る手はずだ。

救急車は思ったほどには揺れなかった。役場で購入したのは中古の救急車だが、山道であまりに揺れるので、サスペンションやタイヤを交換したばかりらしい。友造さんが横たわっているストレッチャーにも毛布を重ねて、出来るだけ頭部への衝撃を軽減させているが、それでもカーブではグラッと大きく揺れてしまう。私は注射器で血液を吸引し続けたが、中腰の姿勢なのでときどきよろめきそうになり、強く踏ん張らなければいけなかった。頭に当てたガーゼには血液が染み込んで、何度か交換した。一分一秒でも時間を削りたいのは山々だけど、強い風雨の中で山道をこれ以上のスピードで走るのは無理だろう。

幸い友造さんの自発呼吸は規則的に保たれている。1時間程して友造さんが口をもぐもぐさせたので、嬉しい気持ちになりながらもすかさずジアゼパムを注射した。そして私は、友造さんが助かることをこのときに確信した。

診療所を出発して約1時間半、予想よりもかなり早く救命救急センターに到着した。街中に入ってからのサイレンの威力はやはり大きかった。

「お願いします！」

友造さんを運び込むと、救命救急科と脳外科のドクターが出迎えてくれた。ど真ん中にはあの今中先生が仁王立ち、そしてその横にはT君がいた。注射器を手にした私と目が合うと、

「すごいね」

と一言。

私は事の仔細《しさい》を申し送った。ジアゼパムを使用しているため、意識状態は判定できないが呼吸状態は回復しており、途中で口をもぐもぐと動かした事。大まかな出血量がわかるように、吸引した血液とガーゼを渡した。それから紹介状を用意する時間がなく申し訳ないと伝えたが、なんと大石先生が紹介状を作りすでにＦＡＸしてくれていた。

私も見せてもらうと、診療所を出発するまでの経過が正確に記されており、最後に、『搬送後の経過は山谷ドクターに聞いて下さい。彼女は全力を尽くしました。後はくれぐれもよろしくお願いします。ＰＳ：山谷ドクターがそちらに着いたら、当方に電話をするように伝言いただけないでしょうか、彼女に伝えたい事がありますので』と書かれてあった。私がなんだかこみ上げてくるものを抑えていると、Ｔ君が興奮気味に、

「よし、後は僕たちが引き受けた。きっと助けてみせるよ、ここまでありがとう、山谷さん！」

と言いながらすごい握力で握手してきた。

「お願いします。よかったら経過を教えてね」

私はもう一度友造さんのところに行き、手を握りながら、

「友造さん、ここの先生たちがきっと助けてくれるから大丈夫。元気になって帰ってきて下さい。皆も信じて待っているからね」

「友造さん、頑張ってね」

友子さんも耳元で言った。

私は救急救命センターの外に出て、診療所に電話した。

「大石先生、おかげさまで無事着きました」

「そうか、それはよかった。それにしてもよく頑張ったよ、山谷先生は。僕も久々にやる気が湧いてきてね、ちょっといい気分だよ。それでね、どうせ天気も悪いから週末の当直もずっと僕が

やることにしたよ。だからたまにはゆっくりして来るといい。また月曜日に会いましょう。そういうことだからよろしく」

「えっ、本当にいいのですか？　どうもありがとうございます。それから、無事搬送できたのは先生のおかげです。来週からもいろいろ教えて下さい」

「こちらこそ、それにしてもあそこで骨髄穿刺《せんし》針が出て来るとはね、一つ勉強したよ。それじゃあ」

私もそうであったように、大石先生にも田舎の小さな診療所で勤務するまでにいろんな事情があったのだろう。だけどスイッチが入った大石先生は頼りになる存在だと実感した。

大ピンチ！

私の電話が終わるのを待って、消防団の青年が話しかけてきた。

「雨と風が少し弱くなってきたようだから僕たちはこれから戻りますけど、先生はどうしますか？」

「大石先生が当直してくれるそうなので、私はこっちに泊まって帰ります」

「そうですか、それじゃあこれで。先生、本当にご苦労さまでした」

「皆さんこそ、この天候の中どうもお疲れさまでした。帰りも気をつけてください」

するとと友子さんが、

「先生、白衣は私が持って帰りましょうか？　少し血も付いているし」

「ありがとう、じゃあお願いします」

白衣を脱いで友子さんに渡したらちょっと肌寒く感じたが、官舎に戻れば着替えもある。

私はちょっとした達成感に浸りながら歩き始めたが、あれっスマホがない。そうだ、白衣のポケットに入れたままだ。診療所に電話して救急車に連絡してもらおうと思ったが財布がない。診療所の中ではお金を使う必要がないので携帯していなかったのだ。公衆電話は使えない。病院の受付はもう5時過ぎでは締まっている。ちょっと恥ずかしいが、この際もう一度救命センターに戻って電話を使わせてもらう以外になさそうだ。

私が意を決して引き返し始めたときだった。

「せんせ〜い、山谷せんせ〜い」

友子さんが大きな声で駆け寄って来た。

「はい、これ。白衣のポケットに入っていましたよ」

「ありがとう。今気付いて、どうしようかと思っていたところでした」

「こっちもビックリしましたよ。先生が見つからなかったらどうしようかと思っていたけど、良かったです。それじゃあこれで」

「本当に助かりました。気をつけて帰って下さい」

友子さんは近づいて来た救急車に乗り込んだ。消防団の青年にまたあいさつするのは、ちょっとバツが悪かったけど、皆ニコニコしていたので、笑いをとったような気になった。

さて、まず（構内の）官舎でシャワーを浴びて着替えよう、お金も置いてある。私がとんでもないピンチに陥っていることに気付いたのは、約10分後。官舎のドアの前だった。鍵がない！　今ここにあるのは診療所関係の鍵ばかりだ。大学関係の鍵は別のキーホルダーに分けていたのをすっかり忘れていた。しまった、さすがにこれはやばい。本当にどれだけバカなのだろう、私って。

頭の中を動揺が駆け巡り、さっきまでの高揚した気分が一気に冷めてしまった。途方に暮れていたそのとき、一つの考えが思いついた。そうだG《じい》に頼もう。私の厚かましさには慣れているだろう。私はスマホを取り出して、G《じい》のクリニックに電話した。

「もしもし、あっ、高子さん？　有里ですけど」

「こんばんは、有里先生。何かあったの？」

「実は患者さんを搬送して来たのだけど、ちょっと困ったことになっていて」

「そうなの？　先生に代わりましょうか」

「あの～、今忙しくないですか」

「こんな天気だから患者さんも来なくて暇そうにしているし、きっと喜ぶわよ。ちょっと待ってね」

お金を貸して欲しいなんて、やっぱりさすがに勇気がいるけど、今更G《じい》が驚くこともあるまい。でもその前に骨髄穿刺《せんし》針のお礼も言わなければ……。

「おう、こんな時間にどうした？　また難しい患者さんでもいるのかい？」

「いや、実は急性硬膜《こうまく》外血腫の患者さんを大学病院まで搬送してきたところです。もうだめかと思ったのですが、先生からいただいた骨髄穿刺針が役に立ちました」

「そうか、それはよくやった。まさか本当にあれが役に立つことになるとは。いやあ、たいしたものだよ。それでわざわざ報告してくれたのか、いい弟子を持ってうれしいぞ。それじゃあ気をつけて帰るようにな、何か困ったときには遠慮なく電話しろよ」

G《じい》が電話を切りそうになったので慌てて、

「ああ、ちょっと待って下さい。まさに今、非常に困っていて大ピンチなんです」

「えっ、一体どうしたんだ」

「実は外科の先生が週末の当直をやってくれることになって、こっちでゆっくりできると喜んでいたのですけど、官舎の鍵も財布も置いて来てしまったのに気がついて大ピンチなんです。それで申し訳ないけどそちらまでタクシーで行きますので、少しお金を貸してもらえないかと思いまして。すみませんがタクシー代もよろしくお願いします」

「ハハハ、そんなことだったのか。大学病院にまだいるのだろう？　この天気ではタクシーもすぐには来ないぞ。ちょっと待ってろ、高子さんに迎えに行ってもらうからどこに行けばいいか直接言いなさい」

（高子さん、ちょっと迎えに行ってやってくれ。鍵も財布もなくて困っているらしい）

高子さんが電話にでて言う。

「有里先生、そう言うことだったのね。今から迎えに行くから、30分くらいかかるかな。どこで待ってる？　病院の玄関はもう締まっているでしょう。ああ東口のところね、だいたいわかるわ、じゃあ待っていてね」

「高子さん。どうもすみません。でもゆっくりでいいですからね、気をつけて」

私はほっと一息つくことができた。職員の通用口である東口の中で高子さんを待つ間、今日一日の出来事を思い起こしていた。友造さんの転落事故が突然静寂を破り、慌ただしい時間が過ぎた。もうだめだと思ったときG《じい》が届けてくれていた道具箱が役に立った。

昼行灯と呼ばれた大石先生の本当の姿、救命救急センターの熱気、一緒に頑張った消防団と友子さん、友子さんは休みを返上して救急車に乗り込み、私を追いかけて来てスマホを渡してくれた。大学からの左遷《させん》と同情されながら赴任した山奥の診療所だが、そこで私は新しく知り合った人たちと力を合わせながら毎日診療を行っていて、退屈や物足りなさなどは少しも感じたことがない。

今日は特別に濃厚な一日だったけど、自分にやれることはやった。そして今は高子さんが迎えに来てくれるのをハッピーな気分で待っている。

「やっぱり私はラッキーだわ！」

私は思わず声に出してしまい、周囲を見回した。すると、

「あれっ、山谷先生じゃあないですか。どうしたのですかこんなところで」

話しかけてきたのは血液病棟の若い看護師、美奈子さんだ。

「さっき急患を搬送してきて、ちょっと迎えを待っているところなの」

「そうなのですか、私は病棟の送別会があるので、ここでみんなを待っているところです。滝川先生が城北大学の准教授に栄転ですって。それにしても僻地の診療所は大変そうですね。でも先生が早く戻って来てくれないと私たちもいろいろ大変ですけど」

「そう言ってもらえるとうれしいけど」

元医局長の転勤は決して栄転ではないはずだと私にはピンときたが、そのことは黙っていた。

そこにあの滑来《なめく》ドクターが通りかかった。彼は慌てて私に気付かないふりをしたのだが美奈子さんが大きな声で呼びかけた。

「滑来先生、ほら、山谷先生ですよ。急患を搬送して来て、ここでお迎えを待っているんですって」

「ああ本当だ、山谷先生、お久しぶり。向こうはいろいろ大変でしょうね」

バツが悪そうに、そしておかしいくらい丁重に話しかける滑来ドクターがちょっと気の毒になった。それに今は幸福感で一杯だったので、恨みは全く感じなかった。

「いろいろ大変なこともありますけど、すごくいい経験になっていますよ。どこに行っても患者さんはいますからね」

「そう？　それならいいけれど、ちょっと恨まれているなら嫌だなと思って」

滑来ドクターのその言葉に美奈子さんが食いついた。

「やっぱり噂は本当だったんですか？　滑来先生が余計なことを言ったせいで、山谷先生が医局から追い出されたって」

「いや、そんなつもりはなかったのだけど、僕としては……。でも結果的にこうなってしまって」

「滑来先生、きちんと謝ったのですか？　急に山奥に行かされた山谷先生が気の毒ですよ。ついでに私たちも迷惑しています。さっきだってこそこそ逃げようとして、男らしくないと思いますよ」

美奈子さんにそこまで言われて気分を悪くしているはずだと思ったが、滑来ドクターは、

「本当に悪かったと思っているよ。さすがに自分でも嫌気がして、それに周りからは白い目で見られてなんだか惨めな気分でね」

「もう気にしていませんよ、私は今とてもハッピーな気分なのですから、どうぞ安心して下さい」

「本当に？　本当にそうなのかな」

相変わらずしつこくて面倒くさい人だな、と思ったちょうどそのとき、目の前にあのでっかいベンツが停まった。運転席の窓越しに高子さんの顔が見えるが、助手席にも誰か乗っている。G《じい》ではないようだけど、誰だろう？

「お迎えに参りました、さあどうぞ」

後部座席のドアを仰々しく開けてくれたのは、このベンツの元の持ち主だったあの社長さんだ。黒いスーツに相変わらずのオールバック。御丁寧にサングラスまでかけている。これじゃあまるでヤクザにしか見えない。ということは、私は姐さんか。

「センセー、カッコいい！」

なぜか喜ぶ美奈子さんの隣で、滑来ドクターが完全に固まっている。まあそれが普通、美奈子さんの方がちょっとおかしいはず。それにしても社長さんは悪のりしすぎだ。私が座るとドアをボンと閉め、直立不動で彼女たちを見つめながら、

「それじゃあどうも失礼します」

と言って一礼して助手席に乗り込んだ。

「キャー、カッコいい！」

黄色い声を聞いて薄ら笑いを浮かべる社長の顔がまた怖そうに見える。滑来ドクターは口をパクパクさせて完全に放心状態、目が泳いでいる。本当に気の毒になってきた。

「ごめんね有里先生、ちょうど社長さんが来ていたので、ちょっとしたサプライズのつもりだっ

たのだけど、まさかこんなにハマるとは思ってなかったのよ。変な噂が立たなければいいけど」

「いやあ、少し脅《おど》かしすぎたかな、山谷先生がひどい目に会ったと聞かされたものだから、ついちょっと」

「本当に勘弁して下さいよ、ますます変な風に誤解されてしまうじゃあないですか」

「いやあ、ごめんごめん。それにしてもビビっていたな、あの滑来って医者」

「だって真っ黒のスーツにその髪型とサングラス、まるでギャング映画の中から出て来たみたいだし。社長さん、どうして滑来ドクターのことを知っているの?」

「ああ、それはね、高子さんが教えてくれたの。それに車を納車するときにはいつもスーツをビシッと決めて行くようにしているものでね、こんな格好なわけ」

「有里先生の敵を一度見ておこうと思ってね、由美ちゃんと大学のホームページでスタッフ紹介を見ていたのよ。滝川っていうのは写真入りで載っていたけれど、滑来の方は載っていなかったわ。まだ下っ端なのね。でも、さっき車の窓を開けて有里先生を呼ぼうとしたら、滑来って呼んでいるあの若い看護師さんの大きな声が聞こえたので、あれは敵だと社長さんに教えたのよ」

「ハハハ、なんだか怖いな、2人とも。別に敵という訳ではないのですよ、たしかに嫌な人ではありますけれど、あんまりビビらせると気の毒ですよ。それに、私まで誤解されちゃうじゃないですか」

「たしかにそうよね、でも有里先生。種明かしせずに、勝手にそう思わせておくといいわ。やましいことがなければ、何も怖がる必要はないはずでしょう」

「そうそう、だってあの若い看護師さんは『カッコいい』って言ってくれたもんなあ〜、俺のことを。あの子が車を買うのなら目一杯サービスしてあげるよ」

「それじゃあ、美奈子さんには社長の正体を教えてもいいですよね？」

「いやあ、それはどうしようかな。高子さんどう思う？」

「ダメ！　今更かえってみっともないでしょう、社長さん」

「それはそうと、よくこんな天気の日に納車しましたね」

「先方様がどうしてもと言うので、ねえ、高子さん」

「だって、しょうがなかったのよ。私の車が追突されて大破してしまったから。それに社長さんが見せてくれた車が気に入って、１日も早く乗りたかったのよね。今度の週末にドライブしようと思って」

「えっ！　高子さん、大丈夫だったのですか？」

「ちょうど誰も乗っていなかったからね。両替やレセプト提出などの用事があったのだけど、往診車は先生とトミ子さんが使っていたので、自分の車をクリニックの裏口に停めて事務室に入って行ったときに、患者さんの車が駐車場で急発進したと思ったら『ドン』とすごい音がして、急いで外に出てみたら、なんと私の車に追突していたのよ。それで、車の後ろ三分の一くらいがひどく歪んでしまって」

「わあ〜、それは災難でしたね。でも、高子さんが怪我しなくて良かったけれど」

「まあね、タイミングが悪かったら大怪我だったからね。だけど、患者さんが相手だとあまり文句も言えないし、救急車の手配や警察の取り調べもあったし、保険屋さんとのやりとりなど面倒くさいことが一杯なのに、結果的には不便さと、たとえ修理しても事故車の履歴がついた車が残るだけだからね。それに保険も全額出すのか疑問だしね」

「あの車は丈夫そうに見えたけど、相当激しくぶつかったのですか？」

「アクセルを思い切り踏み込んでいたのは間違いないわ。ブレーキを踏んだけど止まらなかったと言っていたから。だけど軽自動車がぶつかったくらいで、あんなに大破するなんて想定外だったわね。なんでも衝撃を吸収するためにわざと軟らかく作っているらしいけど、あれじゃあCMのように自然の中に入って行くことは無理、木や岩にぶつかったらそれっきり帰って来られないわ。最近のSUVなんてほとんどが見かけ倒しだわね」

「ハハ、手厳しいですね。それで車を買い替えるのですか？」

「余計な出費になるから、そのつもりはなかったのだけど、社長さんが熱心なのでね」

「いやあ、あれは買っといた方がいいって。あんな状態のいいランクル60は滅多に入らないから。実は前のオーナーは僕の叔父さんでね、ずっと大事にしていたのだけど、さすがに高齢になって事故でも起こすと大変だからと、安全装置満載の小型車に乗り換えたので、僕に譲ってくれたわけ。ただし、車の運転が上手でガンガン乗ってくれて、しかもきれいに手入れしてくれる人でなければ売ってはいけないと言われていたのでね。ちょうど先生から『高子さんが凹《へこ》んでいるからなんとかしろ』と連絡されたので、これしかないと思ったんだよ。本当に後悔はさせないよ、ランクル60はどんどん値上がりするから。それにちょっとやそっとでは壊れないよ」

「高子さんがランクル？　なんだかイメージに合わないけど」

「そうでしょ、スピードは出ないし、乗り心地は悪いし。でも、昔から一度乗ってみたかったのよね、本物のオフロード車に。丸目のライトも気に入ってね。それにね、ときどきこの車（G《じい》のベンツ）を運転していると、たいていの速そうな車も物足りなくなるのよ」

「そんなにすごいのですか？」

「どのように走ってもすごく安定していて、まるで優しくて強い紳士って感じ。このクラスの車に乗ってみて初めて判ることもあるのよね」

「なんなら有里先生にも一台紹介しましょうか？」

「いや、私はあのレヴォーグが気に入っていますから、まだ結構です」

「『まだ』ってことは『そのうちに』ってことですね。わかりました、お待ちしています」

「いや、そういう意味ではないのよね」

それからも会話のほとんどがいろんな車の話題で盛り上がり、気がつくとG《じい》のクリニックに着いていた。私が車から降りようとすると、由美さんとトミ子さんが傘を持って出て来てくれた。

「有里センセー、お帰りなさい」

「まあ、大変だったわね」

「いやあ、ちょっとドジで。いろいろと迷惑をかけて」

「そんなことはないって、だって先生はうれしそうだもの」

「そうよ、きっと有里先生から頼られていい気分なのよ。それに、よくやったなと褒めていたわよ」

クリニックの待合室には、患者さんは誰もいなかった。G《じい》が診察室から出て来て、

「よう、お疲れさま。いろいろと急展開の一日だったようだな。それにしても本当に骨髄穿刺《せんし》針が役に立つとはな。ほれ、これ」

G《じい》は私に封筒を手渡した。中には一万円札が10枚、千円札が10枚、百円玉が10個入っている。

「こんなにたくさん要りませんよ」

「どうせ返すのだろう、あって困るものじゃあないだろうが。着替えも買うだろうし、ホテル代も必要だぞ。それともここ（クリニック）に泊まるか？　ベッドもあるしシャワーも出ればテレビもパソコンもある、お菓子だってたくさんあるぞ」

「あっ、それもいいですね」

「有里センセー、病院（クリニックだけど）に夜一人でいて怖くないの？　何か出るかもよ」

「平気ですよ、当直で慣れていますから」

「それなら私も泊まっちゃおうかな」

「あら、それなら私もそうしようっと」

「高子さん、家庭があるでしょう」

「たまにはいいのよ、今日は旦那にまかせるの」

するとトミ子さんまで、

「私も泊まろうかな、ときには娘に何もかもやらせてみないといけないものね。ねえ、いいですよね、先生」

「なに、皆で泊まるのか。冗談のつもりだったのだけどな。いいけど、警備会社にはきちんと連絡しておいてくれよ、そうじゃないと面倒なことになるからな。それから出入り口の鍵はかけておくようにな」

「分かりましたあ、ついでに外出してもいいですか？　有里センセーの着替えとか、食べ物とかいろいろ買い出しがありますから」

「いいから、由美ちゃんの気が済むようにしなさい」

「皆さん楽しそうでうらやましいなあ。俺も仲間に入れてもらえませんかね？」

「社長さんはダメ〜」

「やっぱりね。ちょっと言ってみただけですよ。それよりも高子さん、納車の確認をお願いしますよ」

「そうだったわ、ごめんなさい。有里先生も見る？」

いつの間にか雨は止んでいた。街頭の下に佇むクリーム色のランクルはいかにも頑丈そうでありながら、丸いライトがノスタルジックで優しい雰囲気を醸し出している。

「わあ〜、きれいな車ですね」

「でしょう！　有里先生もそう思いますか。やっぱり、この頃のトヨタ車は外見に嫌みがなくてカッコいいですよ。高子さん、早速運転してみます？」

「そう思って免許証を持って来たのよ。ちょうどいいわ、有里先生も乗って。これで買い出しに行くから、じゃあね由美ちゃん」

「ええ〜、高子さん、また私が留守番なの？」

走り出したランクルの乗り心地はベンツと比べようもないけれど、これはこれで小さい頃に乗った父のトラックみたいでなんだか懐かしい。マニュアルシフトを操作する高子さんもとても楽しそうだった。

約一時間後——

雨が上がってからは数名の患者さんが来たらしいが、クリニックの診療が終わる時間になった。さあ、これからは女子会の場に様変わりだ。

G《じい》は帰り際に一言、

「明日の夜は焼き肉を食べに行こう。都合が悪くなければみんな来るように、特上の肉だぞ。

せっかくだから社長も来ないか。それから、T君も来ないかな？　連絡をとってみてくれ。それじゃあ、あとは近所迷惑にならない程度に盛り上がってくれ」

「（みんなで一斉に）ハ～イ」

高子さんが、

「さて、まずは食べましょうよ。これ全部、有里先生のおごりなのよ」

「わあ、うれしいわね。だけどさっきまでお金がなくて困っていたのに、本当に大丈夫なの？　有里先生」

「お金を持ち合わせていなかっただけですって、先生にはすぐに返しますから。診療所の給料は結構いいんですよ」

「それじゃあ、これからもよろしくね、有里センセー」

「まったく由美ちゃんたら、厚かましいのだから。あまり本気にしないでね」

「でも考えてみれば、学生の頃には時間はあったけど、いつもごちそうしてもらっていたし、医者になってからは毎日時間に追われて、こうやって一緒に食事をすることもなかったですよね。また休みが取れたら今度はどこかおいしいお店に行きましょう。私がおごりますから、由美さんが見つけておいて下さいね」

「まかせといて！　それじゃあ、遠慮なくいただきま～す」

その夜は遅くまで話が尽きなかった。お互いがまだ知らなかったこともいろいろと打ち明けた。

由美さんが18歳で結婚し19歳で離婚したバツイチ独身だとか、高子さんはやっぱり若い頃はヤンチャだったとか、トミ子さんからはもっぱら昔話。由美さんが子供の頃、G《じい》のクリニックで予防注射を受けたときはいつもギャンギャン泣いて暴れまくって、トミ子さんが押さえつけていたが、G《じい》を蹴ったことが2回、そして噛み付いたことが1回あったとか、G《じい》が若い頃、恋愛妄想の患者さんに付きまとわれて大変だったとか。

それから私のことも、

「有里先生がまだ学生の頃、初めてここのクリニックに来たときね、先生が有里さんのことをすごく気に入ったなと、ピンときたのよ。行動的だけどとても素直だったから、やっぱり私の勘は当たっていたわ。先生が気に入る人はやっぱり私も好きだし、私の嫌いな人を先生が気に入ることもないのよね。長い付き合いだから好みが似てくるのかもね」

そして私は、自分が医者になろうと決めたいきさつを初めて打ち明けた。

土曜日――

午前中は久しぶりにG《じい》のクリニックで働いた。診察ではなくて、もっぱら採血や点滴などの処置を担当することにした。たまにはトミ子さんにゆっくりしてもらいたいのと、診療所では看護師が全部やってしまうので、あまり自分で採血をすることがないもので。

「上手くなったわねえ、有里先生」

「トミ子さんに指導してもらったおかげですよ」
「雑巾を縫ったり、鉛筆を削ったり、骨付き肉を刺したり、本当にいろいろやったものね」
するとG《じい》が話に加わってきた
「それまでも何人か同じことをさせたが、誰も本気では取り組まなかったからな。馬鹿正直にやり続けたのは一人だけ、今《いま》頑張れる原点はここにあることを忘れないようにな」

そしてその夕方――

クリニックのメンバーの他にも、社長さんやT君、そして今中先生までが参加してくれて、とても楽しい宴会気分の中、特上の焼き肉をお腹一杯いただいた。

高子さんと社長さんはまたも車の話で盛り上がっている。マツダのディーゼルはすばらしいとか、最近のトヨタのデザインは生理的に無理だ（どこかで聞いたようなセリフだけど）とか。由美さんは声がしないと思っていたら、ただひたすら食べまくっている。私は久しぶりにT君といろいろ話をした。

「友造さんはあれから無事に緊急手術が終了して、その後の経過は順調だそうだよ。退院までは少し時間がかかるだろうけどね、山谷さんがよく頑張ったおかげだよ」

「そんなことはないわよ。T君たちの熱意があってからのことよ。それに救命救急センターのあの熱気は、私のエネルギーを高めてくれるのよ。あそこに着くまでなんとかしようとね」

「そうか、そう言ってもらえるとうれしいな。僕はまだ未熟だけど、早く山谷さんに追いつけるように頑張るよ」

「いやいや、そんなことはないって。私は失敗も多くて、周りに助けられてなんとかやっているだけよ。ただ、自分でも根性だけはあると思っているけどね、取り柄《え》はそれだけ」

「そんなことないだろう、あんな山の中の診療所で仕事をこなすなんて。どんな患者さんが来るかわからないのだろう？　僕にはまだ未体験の領域だもの、本当に偉いよ」

そのとき今中先生の大きな声がした。

「お〜い、T君。それならば君、週末が暇なときには当直に行ってみないかね、黒谷山診療所に。君がよければ僕の方からうまく取り計らっておくよ、どうだね」

「えっ、本当ですか？　ありがとうございます。よろしくお願いします」

「よしっ、判断が早いことはいいことだ。それじゃあ山谷君、そういうことでよろしく。診療所の方にはこちらからお願いするから、君は何もしなくていいからね。それにしても今までよく頑張ったものだ」

「今中先生、どうもありがとうございます。私、意地もあってずっと週末も当直していましたけど、きのう今日と生き返った気分です。やっぱりときどきは自由な時間があるといいなと実感しました」

「そうだろう！　あのウルトラセブンだって、ずっと地球で頑張りすぎて身体がボロボロになってしまったのだから。ときどきはM78星雲に帰らないといけないよ」

私には何のことだかよく解らなかったが、とにかく感謝の気持ちで一杯だった。それから今中先生は、またGと話《じい》し始めた。私はT君の話に相槌を打ちながら、2人の話にこっそり聞き耳を立てた。

「今中、どうもありがとう。そのうち俺が行ってやらないとダメかなと考えていたところだったよ」

「○○、昔とちっとも変わっていないな。もういい年なんだからあんまり無理するなよ」

「そう言う今中だって相変わらず自分が先頭に立って頑張っているじゃあないか。テレビにだって出ているし、講演の依頼があれば全国どこにでも顔を出すのだろう？　よくそれで疲れないな。それにしてもたいしたものだよ。一人で立ち上げた救命救急センターをここまで大きくして。今では若者たちの熱気であふれているじゃあないか」

「○○だって、ただの開業医で収まっているつもりはないだろう。山谷君をみればよくわかる。今度のことだって、彼女がやったことは想定内のことだろうが。きっとそのように教えてきたのだろうからな。お前がどれだけのことを考えながら生きているのか、俺にはわかるよ。俺は頑張っている同級生みんなを誇りに思っている。だから行き着くところまでずっと頑張り続けるぞ」

「それに俺たちは、死んでしまった仲間たちの分まで頑張らなければいけないからな」

「いい年をして、お互い楽をすることを知らないようだな」

「でも、若い医者が真っ直ぐに頑張っている姿もいいものだなあ」

日曜日――

午後から、高子さんがあのランクルで診療所まで送ってくれた。由美さんも一緒だったけど、途中で車に酔ってすっかりおとなしくなってしまった。たしかにユッサユッサと揺れるから。

「高子さん、どうもありがとうございました。ちょっと休んで帰りませんか？」

「私は平気だけど、そうね、由美ちゃん、ちょっと休んで行こうか」

「そうして……」

私は医師住宅に２人を案内した。

「思っていたより立派ね」

「家族持ちの先生でも大丈夫なように、10年前に建て直したそうですけど、ほとんどの先生は単身赴任らしいです」

「もったいないわね」

私は高子さんにコーヒーを入れ、由美さんには水と酔い止めを渡した。

「高子さんこれ、先生に借りたお金」

「明日、忘れないように渡しておくわね。それじゃあ由美ちゃん、帰るわよ」

「ええ～っ、もう帰るの？　やっと楽になったばかりなのに」

「暗くなるとタヌキとか出て来て撥《は》ねちゃうかもしれないし、ときどき休みながら帰った方がいいでしょ？　それに今度は助手席だから、後ろの席よりは酔わないはずよ」

「わかりました～。じゃあね、有里センセー」

「どうもお世話になりました。本当に楽しい週末でした。また出て行きます。気をつけて帰ってくださいね」

「それじゃあ、またね。あまり無理しないように頑張ってね、有里先生」

こうして久しぶりの休日が終わった。

月曜日――

「おはようございます、山谷先生」

「おはようございます、今日も一日よろしくお願いします」

さあ、今日はどんなことが起こるだろうか……たとえ何があっても私は私のあるべき姿を心がけて前に進んで行こう。

髙橋弘憲（たかはし・ひろのり）

1958年生まれ
宮崎市出身　自治医科大学6期卒業
卒業後の義務期間は、地域中核病院では内科医として、医療過疎地の診療所では総合診療医として勤務した。義務明け後は、一度母校の血液学教室に籍を置いたのち、地元の公立病院で血液内科専門医として白血病などの診療に携わった。40歳のときに開業。夜8時までの内科診療や健康診断、老人ホームの往診、看護学校の講義などの地域医療業務の傍ら、執筆や講演などでも活躍している。提唱する健康法を自ら実行しているため頑健。インフルエンザ流行の時期にもマスクを着用せずに診療している。

好きな言葉
「何かをしたい者は手段を見つけ、何もしたくない者は言い訳を見つける」

著書
『活かす血　老ける血　危ない血』（アース工房）
『健康エネルギーを高めて幸せになる習慣』（アース工房）
『「強運なからだ」をつくる生き方』（総合法令出版）
『健康・不健康の分かれ道』（第三文明社）
『カラー版　血液が語る真実』（論創社）
『いざとなったら尿を飲め』（論創社）

医療小説　ドクターG《じい》の教訓

2019年3月18日　初版第1刷印刷
2019年3月28日　初版第1刷発行

著　者　髙橋弘憲
発行者　森下紀夫
発行所　論 創 社
東京都千代田区神田神保町2-23　北井ビル
tel. 03（3264）5254　fax. 03（3264）5232　web. http://www.ronso.co.jp/
振替口座　00160-1-155266
装幀／奥定泰之
印刷・製本／中央精版印刷　組版／フレックスアート
ISBN978-4-8460-1824-5　